Geronimo Stilton

奇鼠歷險記 ⑪
光明守護者傳說

新雅文化事業有限公司
www.sunya.com.hk

光明守護者
傳說的秘密！

　　在這次夢想國的歷險中，我——謝利連摩獲授命追尋有關光明守護者傳說的秘密，你們可知什麼是秘密？秘密是我們珍藏在內心、唯有對最親密好友才會傾吐的珍寶。隨我來一起經歷這次奇遇吧，我們會遇見仙女、女巫、精靈、迷你小龍和各種奇特的生物！

　　在這本書中有5處用上了魔法墨水，把與傳說有關的秘密文字隱藏起來，只要你試着用手擦擦這些黑色墨水漬，被墨水蓋住的文字就會神奇地顯現出來；然後，只要把這些詞語填在第381頁的羊皮卷上，你就能解讀夢想國傳說的秘密！

　　伙伴們，快來一起找出夢想國傳說的秘密吧！

目錄

你也想跟謝利連摩
一同進入夢想國嗎？
請在這裏貼上你的照片，
並寫上你的名字吧！

請貼上你
的照片。

我的名字是 ....

一個特別的故事

親愛的鼠迷朋友們，不管你在何方，是遠是近，我都要和你們分享一個奇特的故事。

這是一個特別的故事……

因為這是一段**光明**之旅，起源於夢想國的最光輝之地——光明峯，在這次神奇旅行的尾聲，我會與你們一起探索一個

秘密……

正如我和你們所説，故事一開始時，我正置身於

光明峯頂……

也許，你們會問我**為何**會在那兒……因為這次我的旅程並不像以往那樣始於老鼠島，

親愛的朋友們！

而是直接從夢想國境內出發……這也是**為什麼**……

好吧，大家看得有點一頭霧水吧，我知道你們腦袋裏一定有**許多個為什麼**，想要問個水落石出，現在我就立刻跟大家分享這個不一樣的夢想國**歷險**故事。

我肯定、十分肯定、甚至萬分肯定你們會喜歡它！

這個故事如此獨特，會潛入每個讀者的**心靈**深處。正如我和你們所説，它牽涉到一個十分重要的秘密，這秘密比黃金更珍貴，比鑽石更稀有，**比天空中的繁星更璀璨！**

一切從這裏開始，
這裏開始……

就讓我們從頭說起吧。也許，你們最先想知道的，是我**為什麼**會與我的師父——蝶螈智者一起在高聳入雲的光明峯頂出現……

你們應該記得，在我《大長篇2：失落的魔戒》的歷險故事中，**蝶螈智者**曾經建議我跟隨他學習，拜師學藝，稱呼他為「**師父**」；好讓我學習提升自己，成為一個更好的小老鼠，一個配得上夢想國的小老鼠，一個勇於面對挑戰的男鼠漢，或者說……

一位真正的英雄！

就這樣，我激動地接受了他的提議，並迫不及待地決定追隨他，踏上了光明之路……

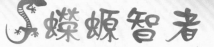 蠑螈智者

他是大師中的大師，智者中的智者，他洞悉生命的平衡之道。

蠑螈智者出生於千年國，他屬於蜥蜴族。他的皮膚呈深藍色，上面長着光亮亮的鱗片。像變色龍一樣，他能根據環境變色甚至隱形。他是武林世界的大師，卻從不主動攻擊，總是行善，鋤強扶弱。

他的智慧來自千年道行的身心修行積累。他的知識廣博，包羅萬象，因為他親身看過、聽過、感受過。所有夢想國的青年都渴望得到他的教導和指點。

他認為萬事皆有解決之道，只需耐心尋找……他的話語充滿哲理，有時甚至用詞極為尖銳……事實上他無意冒犯對方……只是希望喚醒對方，並幫助其了解生命的真義。

他最喜歡的稱號：**和平的守護者**。這個稱號是夢想國皇后——芙勒迪娜授予他的。

大家也稱他為洞悉平衡之道的大師。他曾親自撰寫一份夢想國極為重要的文件《三十三條黃金準則羊皮書》。

三十三條賣金準則羊皮書

夢想國洞悉平衡之道的大師以及和平的守護者——蝶蛾智者，為了指導青年，他用心整理出一些關於正義、真理與和諧的準則。他一直強調：生命應該建立在對他人的愛之上，並尊重自然界和其他生命……只有也世間的生靈彼此尊重，大家才能和諧相處。

以下就是蝶蛾智者提出的三十三條賣金準則：

1. 尊重每種形式的生命。
2. 尊重自然。
3. 尊重他人，以及他人的自由。
4. 尊重他人的想法、習慣和風俗，不要將你的想法強加給對方。
5. 尊重法律，以及大家為和平共處所設立的規則。
6. 無論身處何處，都要保持冷靜。
7. 不要讓憤怒控制你。
8. 時刻保持憐憫有禮；憐憫是力量的象徵。
20. 永遠不要自吹自擂！
21. 不要破壞環境：草木、動物，以及世上萬物。
22. 保護小溪、池塘、河流、湖泊以及海洋的水資源……
23. 不要浪費水，水很珍貴！
24. 永遠說真話。這樣你的生活更簡單，你也會變得更自信。
25. 你的行為舉止和態度要保持真誠。
26. 不要聽他人的壞話，也不要在背後講他人的壞話。

27. 學會守護他人託付給你的祕密。

28. 不要偷聽他人的談話！

29. 對人要真誠，而不是僅僅對朋友試。

30. 無論你在夢想國還是任何地方，都要保持善良，保持上進。

31. 不要隨便評判他人，正如你不希望被他人隨意評判。

32. 尊重和扶助弱小。

33. 幫助那些有困難的人！

9. 不斷改善你的性格，努力去掉情淩、傲慢、自大。

10. 保持友善。

11. 當你希望他人如何對你，就要以同樣方式對待他人。

12. 如果你懷抱遠大夢想，一定要努力實現。

13. 即使實現夢想很困難，也要不忘初心。

14. 讓你的周圍充滿愛。

15. 為他人帶來快樂和歡笑，而不是痛苦和淚水！

16. 不要讓自己成為他人不幸的源頭。

17. 不要試圖拿走不屬於自己的東西。

18. 開心地度過每一天！

19. 學會分享你所擁有的：食物、資源、時間、金錢！

當天我跟朋友和伙伴們分別後，就跟隨師父蠑螈智者，我們走啊，走啊，走啊，日以繼夜地行進……我們走過不知名的小徑，走過**從來沒有人踏足的領地**，走過**夢想國**

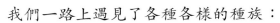

最為偏遠、最為荒蕪、最為神秘的區域！

　　我們一路上遇見了各種各樣的種族：

有的像矮人一樣**矮**……

有的像**巨人**一樣**高**……

有的像**仙女**一樣**有禮**……

有的像**火鳳凰**一樣華麗美豔……

有的如**獨角獸**一樣神秘……

一切從這裏開始， 這裏開始……

有的像**精靈**一樣調皮……

有的像**食肉魔**一樣噁心……

有的像**怪物**一樣讓我害怕……

有的像**長翅膀的巨龍**

一樣恐怖……

有的像**女巫**一樣讓我心顫膽

寒……

好可怕！

19

走着走着，我已筋疲力盡，但仍非常非常好奇，急不及待地**詢問**：「呃，師父，我能問你一個問題嗎？」

他微笑着點點頭：「徒弟，請講……」

「其實，**我想知道**……你要把我帶到哪兒？還有多久才能到？這次修行要做什麼？要去多久？會不會很危險？不過，我最想問的是，

你為什麼會選中我呢？」

蠑螈智者歎了一口氣：「因為我有任務要託付給你！你說只提一個問題，卻一連問了我六個……我只能給你**一個回答**。徒弟，我也不知道為何選擇你（*希望我不會後悔！*），不過我知道：很快就會有一個重任落在你的肩上，這關係到夢想國的**存亡**！因此，以芙勒迪娜皇后的名義，我將親自來指導你**生命的平衡之道**！不過，你是否能學成（*以及活下來*）、整個過程需要多久，那可就不好說了……

「當時機成熟時，你會知道一切。我所說的時機成熟，是指當你**準備好**時（早一分不行，晚一分也不行）。現在，你需要學會保持安靜，我們即將踏上冰顫小徑了，與此同時，我要給你講一個故事，來說明安靜和**專注**的重要性……」

一隻喋喋不休的青年鼠

有一個喋喋不休的青年鼠問智者：「大師，我怎樣可以變得像你一樣有智慧？我已準備好恭聽你的教誨。」

「我能請你喝杯茶嗎？」智者對青年鼠說，隨後拿起了一個空杯子，往裏邊倒水，直到水溢出來了，他仍然不停地往杯裏倒。

「大師，難道你沒看到這杯子滿了嗎？」

「就像這個裝滿水的杯子，」智者嚴肅地說：「你的頭腦裏裝滿了各種意見、想法和話語。如果你不安靜下來，專心聆聽和思考，我該如何將智慧放進你的腦中呢？」

青年鼠聽了，若有所悟：如果自己沒有學會讓嘴巴停下來，虛心專注聆聽，就不可能好好汲收新的知識！

21

冰顫小徑

我們繼續前進，直到蝶蜺智者宣布：「現在，我們已經來到了**冰顫小徑**！」

我很快明白這條路得名的原因……它不僅非常**陡峭**，難於攀登，更是危險重重！我背上因為恐懼而冒出來的汗水結了冰，冷得我直**打顫**！

傳說中的冰顫小徑

這座山峯上的小徑是蝶蜺智者建造的。他想建造一條小路，通往夢想國最為純淨、光明、高冷之地。

在小徑的盡頭，也就是光明峯峯頂。蝶蜺智者在這裏建造了一座簡樸的小木屋，屋裏設置了各式生活用品。此處周圍雲霧繚繞，小屋隱藏在美麗的大自然裏——這裏就是智者的隱廬，沒有人可以未經他的允許到達此處。他還在半路上建了一座繩索纏繞的木吊橋。他可以隨時升起木吊橋，切斷與夢想國的一切聯繫，與世隔絕。

　　經過數個小時的攀登，我們一路上走過各種嶙峋的怪石和令鼠膽寒的懸崖，終於抵達了**光明峯頂**。

　　一座小木屋仿如鷹巢般立在山巔上。那座小木屋有**紅色屋頂**，屋簷角向上彎曲。一羣**五顏六色**的小龍在屋頂上空整列飛速盤旋。

　　蝶蝡智者對我說：「徒弟，歡迎你來到**雲中之屋**！在你結束修行前，這裏就是你的家。我要特別提醒你，小心不要激怒這些**小龍**，他們的脾氣可不好惹！」

　　我累得筋疲力盡，身體沉重地倒在門前……

撲棱　撲棱　撲棱　撲棱

真是筋疲力盡了！

傳說裏的雲中小屋

蟒螈智者的隱廬，建造在人跡罕至之處——光明峯的峯頂。除了蟒螈智者，只有極少數的行者能夠抵達此地。

刻苦的歷練

　　我歷盡艱辛，好不容易終於抵達蠑螈智者的隱廬。就這樣，我度過了一個難忘之夜，我躺在地上的一張草蓆上休息睡覺，翻來覆去。

　　哇，我感覺身上的**骨頭架子**都散掉了！

　　黎明時分，蠑螈智者敲着一個**大銅鑼**，把我吵醒了。

鏜！鏜！鏜！
鏜！鏜！鏜！

好吵！

「醒醒！醒醒！醒醒醒醒！徒弟，太陽已升起來了，你怎麼還懶散地躺着？要想掌握生命的真義，可不能做個**大懶蟲！**」

那陣可怕的敲鑼聲把我**嚇了一跳**，我直起身來，額頭撞到了天花板！

我揉揉腦袋，不解地**嘟囔**：「**啊？什麼？怎麼了？哎唷！**」

蠑螈智者提着我的一隻耳朵，把我拖到外面，鄭重地宣布：「你快過來認真聽着……

＞第一課：＜
要想掌握生命的真義，
決不能做個大懶蟲！

徒弟，一天之中你必須不斷訓練自己。為了**幫助你**完成困難的任務，我請來一位值得我信任的小龍來監督你：他就是阿力布。他負責**安排你的活動**！他負責**監督你的一舉一動**！並且負責**阻止你繼續偷懶**，你聽懂了嗎？」

27

小龍阿力布

阿力布是蠑螈智者的助手，也是他的
特派信使。他最大的秘密夢想就是能夠從嘴
裏噴出火焰。因此他常吃很多辣椒，並且在
無人之處秘密訓練⋯⋯

迷你小龍族

迷你小龍族是居住在五彩沙漠中的龍族後裔，那沙漠是夢想國最為荒涼之處。他們是夢想國芙勒迪娜皇后特別指定的飛行秘密信使，因為：

- 他們體形很小，善於隱藏；
- 他們能夠根據環境偽裝自己，讓敵人難以發現；
- 他們飛行呈「Z」字形，速度極快，對手很難追上；
- 他們有特殊的本領，可以連續飛行一整晚；
- 他們有個秘密絕招：一旦察覺有危險接近，他們就會組成一團，向對手衝撞去，利用身上堅硬又尖利的鱗片來攻擊對方！

迷你小龍族曾經為夢想國成功執行很多任務，芙勒迪娜皇后賜給他們許多勳章，他們總是驕傲地把勳章別在身上，展示榮耀。

趣味小知識：

迷你小龍族十分喜歡吃龍鱗草，那是一種帶刺的、味道又臭又辣的草本植物。這種植物只能在五彩沙漠中找到。小龍們有各種各樣的方法來烹調龍鱗草！

我辯解說：「蠑螈智者，我並不是**懶蟲**。如果可以，我希望早晨可以睡到自然醒，不過……」

我大聲尖叫起來：「**啊呀呀呀呀！！！**」原來阿力布飛到我背上，啄了我耳朵一口，「呱唧！你要老實一點，不然我要給你點顏色看看，**明白嗎嗎嗎？**」

隨後，他高聲嚷嚷起來：「蠑螈智者，阿力布向你彙報！讓我來收拾這個**大傻瓜！**你看着吧，我一定讓他服服帖帖！首先：你要**挺胸收腹**，生命平衡之道的學徒，必須時刻保持挺拔的身姿，隨時準備行動，**雙目炯炯有神**，雙耳靈敏。

啊呀呀呀呀！

你明白了嗎，大懶蟲？

不要試圖找什麼藉口：**我很累……我肚子痛……我腳上長了雞眼……諸如此類的廢話！明白嗎？這招對我無效！」**

蠑螈智者忍不住**竊笑**：「努力修練吧，徒弟。我們九個月後再見！現在我把你交到阿力布手心裏，應該是翅膀，或是**龍爪**裏才對！九個月後，如果你學成出師，我會授予你一條藍帶——這將是你在

生命平衡之道上的第一個里程碑！」

說罷，他就向我們告別，說：「至於我嘛，我要去水晶宮，和芙勒迪娜皇后**聊聊天**。」

努力修練吧！

以下就是我艱苦修練的
訓練進程……

第一個月：學習集中精神

為了加強訓練，阿力布逼着我學射箭……嗚嗚嗚，他一直在我耳邊高聲尖叫，我必須想辦法集中精神，射中靶心！

第二個月：學習堅持

為了加強訓練，我必須展開一連串複雜的肢體練習……

動起來，動起來，
繼續訓練！

第三個月：學習忍耐

為了加強訓練，阿力布命令我點數堆得像山一樣高的米粒……同時
他不停以各種方式干擾我！

第四個月：學習勇氣

為了加強訓練，我不得不夜晚單獨在森林裏睡覺。而阿力布時不時
冒出來嚇嚇我！

第五個月：學習辨別方向

為了加強訓練，我必須學會在白天按照太陽的位置找到方向……而在夜晚按照星辰的排列找到方向……

第六個月：學習禮貌和善

這倒是不難，因為我一直是隻有禮貌的青年鼠嘛！

第七個月：學習虛心尊重

這也不難，因為我一直是個虛心學習的鼠，尊重大家！

我成功啦！

第八個月：學習平衡之術

為了加強訓練，我必須學習專注，並保持身體平衡。而阿力布在一旁搔我胳肢窩，試圖讓我跌倒！我努力……再努力……再努力……可每次都以失敗告終！但在第八個月月底，我終於成功了！

這是個秘密！

第九個月：學習秘密之術

從第九個月起，我開始學習一項秘密之術，關於生命平衡之道的藝術……不過現在我無法向你們透露太多啊！

生命平衡之道的藍帶

在我**修行**最後一天的黃昏時分，阿力布大聲呼喊：「大師，大師，

蝶螈智者者者者者！」

蝶螈智者突然凌空出現了：「你剛才在召喚我嗎，我忠誠的小龍？」

啪啪！

啪啪！

撲棱！

撲棱！

阿力布忙不迭地點頭：**「歡迎歸來，師父！**我向你彙報：這個傻瓜蛋我總算教好了！我是說，**不管如何**，我已經盡力了！總而言之，你的徒弟已經準備好成為光明守護者了！」

蟃蜒智者瞇縫着眼睛看着我，下結論説：「**徒弟，你的修行結束了。**」

　　我放鬆地歎了口氣：「真的嗎，師父？」

　　他回答：「當然！」

　　我**歡呼雀躍**道：「這麼説……我可以回家啦？」

　　蟃蜒智者用手杖敲敲地板，説：「我可沒這麼説！你必須學習傾聽。若不是我知道你即將肩負重要**任務**，我定要讓你重新修行一遍。」

　　我撲通一聲跪在地上：

「求求你，師父別再讓我重來一遍！」

嗯……

蠑螈智者嚴肅地望着我，問：「徒弟，你覺得我為什麼要投入這麼多**寶貴時間**來訓練你呢？」

我喃喃地說：「我也不知道，師父，我只是個普通的小老鼠，**馬馬虎虎**，甚至可以說，毫無特別之處！我還想謙卑地請教你：你出於什麼原因會**選中**我呢？」

他贊同地說：「不錯，徒弟，看來你並非狂妄之輩……

發現秘密詞語！

[redacted]

你被選中踏上生命平衡之道，是為了完成一項重要的任務：你生命中從未經歷過**如此困難、如此可怕、如此危險**的任務！芙勒迪娜皇后把你託付給我，因為她想委任你擔任她的守護者，成為**『光明守護者！』**」

請你用手指擦擦黑色墨水漬，秘密詞語就會神奇地顯現出來。隨後，請在本書第381頁的羊皮卷上寫下這個詞語。

我哆嗦着說：「光明守護者……呃⋯⋯⋯⋯你認為我能擔任這個職務嗎？師父，你認為我**準備好**了嗎？」

　　蠑螈智者宣布：「無論如何，我們很快就知道了：你若是**準備好**了，就能活下來！你若是沒**準備好**⋯⋯就離升天不遠啦！」

　　他**神秘地**對我說：「至於你的任務是什麼，我們很快就會知曉⋯⋯」

　　他抬起頭，眼睛掃視着**天空**，似乎在尋找着某樣東西，或者某個人。

好奇怪！

　　隨後，他以神秘的語氣喃喃說：「現在，徒弟，請你屈膝。我要授予你鎧甲和藍帶，以證明你完成了生命平衡之道的第一個挑戰。」

發現秘密詞語！

蝶螈智者首先授予我一套**特製鎧甲**：光之鎧甲。接著，我彎下腰，師父遞給我一條顏色看起來宛如春日天空般蔚藍的綢帶：*藍帶*。

　　我發誓將珍藏這份榮譽，隨後我默唸起**三十三條黃金準則**⋯⋯

光之鎧甲

　　此鎧甲由夢想國最著名的鐵匠鍛造而成，以仙女國特產白銀所製，整件鎧甲會泛出銀光。這副鎧甲能夠配合穿着它的英雄身材而變化，並且冬暖夏涼，極為輕巧卻十分柔韌。因為它象徵着光明的力量，在任何場合都會助穿着它的英雄一臂之力，所以被稱為「光之鎧甲」。

藍帶

　　這是一條宛如春日天空般蔚藍的綢帶。它由矮人國的裁縫巧手姐縫製而成。巧手姐以她縫製衣服的高超手藝在夢想國聞名！

　　如果誰完成了生命平衡之道的第一個挑戰，就會被授予一條藍帶。這條綢帶是勇氣、力量和禮儀的象徵。

一個好消息和⋯⋯一個壞消息！

就在此時，恰恰在此時，一隻迷你小龍信使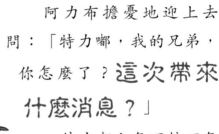飛來。他身上的鱗片髒兮兮，污漬斑斑，我注意到他頸上戴着一枚銀色徽章。

阿力布擔憂地迎上去問：「特力嘟，我的兄弟，你怎麼了？**這次帶來什麼消息？**」

特力嘟上氣不接下氣地回答：「我⋯⋯從水晶宮**帶來**⋯⋯十萬火急的消息！」

蟆蜋智者**擔憂**地問他：「特力嘟，快說啊！

呼哧！

你帶來了什麼消息？」

　　那小龍高聲說：「我有一個**好消息**，還有一個**壞消息**。你們想先聽哪一個？」

　　我嚷嚷說：「先聽好消息吧，求求你！」

　　「好消息就是，皇后殿下懷胎十月，終於產下一位美麗的女嬰……阿麗娜小公主。」

特力嘟遞給我一卷羊皮紙，和一枚**金色的項鏈吊墜**。

　　羊皮紙上寫道：「*光明守護者，這枚吊墜交給你，小公主的性命也託付給你。*」

　　我打開吊墜，激動地注視着裏面的照片——那是一個**美麗的小女嬰**，她的臉龐就如同她的母親——芙勒迪娜皇后一樣美麗可愛！

＊你能讀懂以下的夢想語嗎？請參見第379頁的夢想語詞典。

我喃喃地說，鬍鬚焦慮地**顫動**：「那……壞消息是什麼？」

　　「壞消息，或者說最壞的消息，就是……嗚嗚嗚，可憐的阿麗娜公主剛剛被**擄走**了！皇后陛下特命我前來召喚你，她現在需要你，光明守護者，還有你，蠑螈智者！」

　　我擔憂地失聲**叫**道：「小公主被擄走了？誰會膽敢犯下如此惡行？

誰？
誰？　誰？」

誰膽敢這麼做？

　　「嗚嗚嗚，我們也不清楚。皇后殿下希望你們能**查明**真相。不過，你們必須立刻出發了！一道**黑影**已經出現在夢想國上空，那黑暗魔影就像蝙蝠翅膀一樣長、像女巫的口水一樣臭、像青蛙的舌頭一樣**黏糊糊**，

45

它威脅着水晶宮，甚至整個夢想國！」

蝾螈智者嘟囔説：

「唔唔唔……一道黑暗魔影……邪惡……黝黑……威脅……神秘……」

突然，他靈光一閃，嚷嚷説：「對呀，我怎麼沒想到呢？」

古老的黑暗魔影預言降臨了！

説罷，他飛快地奔進屋子，拿出一個大型的紅木匣子，在我們面前打開。

在這個紅木匣子裏，放着一卷**羊皮紙**，還有一把配有藍色劍套的水晶寶劍。

古老的黑暗魔影預言

　　蜾蠃智者打開羊皮紙，鄭重地朗讀起來：
「聽着，以下就是古老的黑暗魔影預言：

　　　　當我們幾乎失去一切，
　　　　當黑暗魔影降臨世間，
　　　　當珍稀瑰寶慘遭掠奪，
　　　　希望的火苗仍然不滅。
　　　　光明守護者即將出征，
　　　　手持一把璀璨寶劍！
　　　　他將帶水晶寶石去，
　　　勇闖黑暗魔影藏身的巢穴！」

我根本聽不懂他在說什麼！
真讓我一頭霧水！

什麼是邪惡黑暗魔影？還有珍稀瑰寶？還有水晶寶石？哎呀，真是，天知道這些是什麼啊？

　　蠑螈智者**打量**着我良久，嚴肅地說：「徒弟，我確信你就是預言所提到的光明守護者。」

　　「我？你肯定嗎？**預言**提到的是光明守護者，而我只是個老鼠，普通的老鼠，甚至有些**膽小**的小老鼠！」

　　蠑螈智者長話短說：「我們很快就能知道，你究竟**是不是**光明守護者……」

什麼什麼？

你就是光明守護者！

「你試試拔出這把寶劍。它的名字是**光明**，它十分神奇古老、蘊含巨大能量。傳說只有預言中提到的光明守護者，才能夠拔劍出鞘。自從**千年千年千年**以來，從未有誰能夠把劍**拔出來**……」

我的❤緊張得幾乎跳出來了，我握住寶劍，喃喃自語：「不可能……我不可能是光明守護者……」可我竟然毫不費力地就從劍鞘中拔出了**寶劍**，它發出了一千隻銀鈴般的清脆聲響！劍鋒在**黑夜**中仿如太陽般閃閃發亮！這把寶劍果然劍如其名！

光明！

光明，光之寶劍

這把寶劍十分神奇古老、蘊含巨大的能量。它的任務是保護弱小，守護夢想國的和平。

不一樣的飛行旅程

蝶蝡智者宣布：「現在已經毫無疑問了。無論你**勇敢與否**，你都是古老預言中提到的光明守護者。快！現在我們必須動身前往水晶宮！」

我也**焦急**地想立刻幫助芙勒迪娜皇后，「我會盡我所能，助**皇后殿下**一臂之力！可……我們該怎麼抵達那裏呢？」

小龍特力布說：「這不就簡單，直升飛龍會載你們去！他是整個夢想國最快的交通工具啦！」

蝶蝡智者臉色**蒼白**，看上去有些擔憂：「直升飛龍，就是像直升飛機一樣快的龍吧！」

就在此時，我聽見一陣奇特的聲音：

撲撲！撲撲！撲撲！

突然，我們面前出現了一陣刺眼的光芒，還傳來了一陣難聞的**陰溝臭味**……一頭全身上下有金色鱗片的巨龍向我們迎面飛來！原來他就是**直升飛龍！** 在他腹部位置裝設的飛行吊艙內，坐著我久違的老友——

斯咕嚕·
賴嘰嘰！

好臭啊！

直升飛龍是夢想國最快的交通工具。他身上布滿了閃閃生輝的金色鱗片，他的飛行技術超卓，反應敏捷，他一身鱗甲非常堅硬，刀槍不入。他的飛行技術超卓，反應敏捷，擅長空中特技飛行，並以超音速飛行，讓敵人望塵莫及！會盤旋術衝，擅長空中特技飛行，並以超音速飛行，讓敵人望塵莫及！

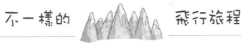
　　賴嘰嘰在高空中朝我招手，呼喊道：「騎士，我是說**光明守護者**，我總算找到你啦！來呀，快坐上來，皇后殿下正等着你呢！她特別派我來**接送**你乘坐直升飛龍，我們需要立刻前往水晶宮！（呃，誰知道我們能不能……活着抵達？）對了，你立下 遺囑 了嗎？」

　　我尖叫起來：「遺囑囑囑？為什麼麼麼？」

　　賴嘰嘰回答：「登上直升飛龍前，最好先立下遺囑。不過，你別擔心，這次在巨龍背上的旅行會讓你**畢生難忘**，成為你和朋友們茶餘飯後的話題（如果你能倖存的話）！」

　　蟋蟀智者**歎了口氣**：「算了，既然我們別無選擇，就坐上直升飛龍旅行吧。畢竟我也活夠了……」

斯咕嚕·賴嘰嘰

　　他是一隻考究的文學蛙，擔任芙勒迪娜的皇室顧問，也是謝利連摩遊歷夢想國時的嚮導。他十分饒舌，但有一顆善良的心。

我喃喃地說：「我可不想這樣一命嗚呼啊！」

賴嘰嘰從口袋裏摸出一個銀色的 小盒 遞給我，說：「這裏面裝的是飛行暈浪藥丸，要是你們出現**喘不上氣**的情況，就吃下一顆吧。」

隨後，他遞給我一個小紙袋，說：「拿着這個，若是吃了藥丸也不管用，你一定需要這個**嘔吐袋**。你們趕快上來，我可沒時間嘮叨！」

我驚訝極了：賴嘰嘰一直是我的**好朋友**，可這次他對我可真不客氣⋯⋯

唔，真奇怪！

不過，我沒有時間細想，就與蝶螈智者一起登上了直升巨龍。

黑暗魔影

我們出發時，將近**黎明**時分。很快，我注意到地平線上出現了幾道暗影。

我擔憂地問：「呃……那個暗影……就在那兒……**是什麼？**」

賴嘰嘰用手爪揉揉眼睛，望向遠處：「唔，我看到了……**髒兮兮的**……**橡膠般的**……**黏糊糊的**……**臭烘烘的**……**黑黝黝的**……**讓人噁心的**……毫無疑問，那就是

黑暗魔影！」

我問道：「什麼？黑暗魔影？那是什麼東西？它從哪裏來？**很危險**的嗎？」

一直停在我肩上的小龍阿力布咬住我耳朵，嚷嚷説：「光明守護者，別再傻發問了，那可是

黑——暗——
魔——影！你聽

明白了嗎？那可是臭名昭著的黑暗魔影，不是什麼亂七八糟的影子！」

黑暗魔影

這是一大團邪惡神秘的黑霧，是由妮勒迪娜的盟友——妮布拉營造所凝聚的一股黑暗力量。妮勒迪娜是芙勒迪娜皇后邪惡的孿生姐妹。妮布拉不注意衛生，渾身臭氣。她走到哪裏，哪裏就會留下厚厚的一層岩漿。而黑暗魔影所經之處必會寸草不生。黑暗魔影聚集了所有邪惡力量！

黑：黑暗的黑
暗：暗夜的暗
魔：食肉魔的魔
影：如影隨行的影

沒過一會兒，我們就被一大團**濃霧**包圍了。那團霧就像瀝青一樣又黑又濃，將我們團團圍住。

賴嘰嘰大叫一聲：
「黑暗魔影正在逼近！

「嘩啊啊啊啊

「直升飛龍，
速速啟動逃離模式！」

直升飛龍速速開始以超音速模式下降。我感覺自己的胃擠到了膝蓋處！

他身體保持垂直而下，不時在空中**上上下下彈跳**幾下，我感覺胃提到了喉嚨去！

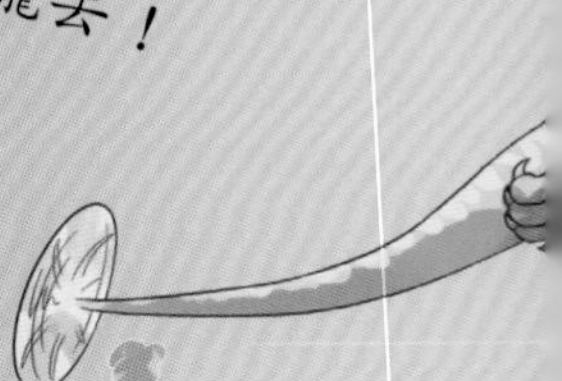

「阿吧阿吧阿吧阿！」

隨後，他開始以「之」字形飛行，

在濃霧中左衝右突，我的胃也開始

「翻江倒海」。

好噁心！

　　不過，直升飛龍的速度像**閃電**一樣快⋯⋯我總算明白為何芙勒迪娜會選他作為我們的交通工具！

　　多虧了這一條神奇的**巨龍**，我們才得以成功逃離包圍着我們的濃霧。那團**濃霧**一直在身後追趕我們，試圖**吞噬**我們。它甚至不斷從高處擠壓我們，企圖把我們推到地上，摔成**肉餅**。

　　我們好不容易，終於擺脫了那團黑霧的追捕。

　　我興奮地高聲歡呼：「我們成功了！」

　　蟾蜍智者卻表情況重地說：「沒錯，我們的確擺脫了那團黑霧，可它總有一天會抵達水晶宮，總有一天會籠罩着整個仙女國。

情況十分危急啊！」

賴嘰嘰嗚咽着說：「哦，太可怕了！太悲慘了！太不幸了！小阿麗娜被擄走了⋯⋯黑暗魔影的邪惡力量將侵襲水晶宮⋯⋯夢想國危在旦夕⋯⋯」

他轉身望着我：「幸好有你在，光明守護者。你一定有辦法、有巧計、有謀略！總之你一定有巧妙的⋯⋯應該說是高明的對策！不要呆若木雞，你到底是不是光明守護者？快老實交代，你總會有辦法的，不是嗎？快點兒動腦筋，就是現在！快快快，別再裝睡啦！」

呃，嗯嗯嗯嗯嗯⋯⋯

快點兒動腦筋！

殲滅龍！

　　賴嘰嘰對我的無禮態度讓我驚訝，不過我依然禮貌地**回答**他說：「很抱歉，賴嘰嘰，可現在我並沒有什麼辦法。因為我**尚未查明**真相：犯人如何能夠潛入水晶宮，帶走了

小公主
阿麗娜呢？」

　　蝶蜿智者贊許地說：「說得好，徒弟，你終於**學會在行動前先思考！**看來你的修行果然有所收穫！」

我們乘着直升飛龍飛行了好久好久好久……我們在雲上翱翔。

我們終於接近了。我迫不及待地凝視着不遠處的地平線,尋找

光輝璀璨的塔尖。

我猛然發現正下方出現一個黝黑的龐然大物,遮擋了我的視野。

原來，這是一艘**黑蝙蝠**形狀的巨型飛船。

它長着一對巨大的黑色機械翅膀，一路上摧毀**森林**、將大樹連根捲起，只見所到之處**黑煙**瀰漫。

蠑螈智者憂傷地說：「這傢伙是殲滅龍，森林毀滅者！它是妮布拉的空中宮殿。希望它不要發現我們，否則……

我們就完了！」

殲滅龍
森林毀滅者

殲滅龍是妮布拉的空中宮殿。妮布拉是邪惡陣營中妮勒迪娜堅定的盟友。殲滅龍還是一艘黑蝙蝠形狀的巨型飛船！它可以自由轉化成不同的形態，變身成巨型蝙蝠、機械巨龍、海蛇等。

殲滅龍的戰鬥技巧精湛，行動迅猛，飛行、潛泳和格鬥技術卓越，被稱為森林毀滅者。因為它平日在飛行時會粗暴地破壞環境，從高處放下巨大的彎鈎拖行，將大樹連根挖起藉以收集木材。它把樹木輸送到飛行器內部，並用剃刀般鋒利的刀鋒將樹幹切成碎片，投到火爐裏燃燒，作為引擎的燃料。

殲滅龍無論走到哪兒，都會砍伐樹木，在地上留下一道道深深的鈎痕，把土地變為寸草不生的荒漠。

快釋放巨龍臭臭！

賴嘰嘰大喊：「若想儘快逃離殲滅龍的視線，只有一個辦法：釋放直升飛龍的**毒氣彈**——巨龍臭臭！」

賴嘰嘰遞給我們幾個鼻塞，說：「快把這些放在鼻子裏！」

隨後，他轉頭對我說：「有個小細節要告訴你，如果想讓直升飛龍放臭臭，必須先給他餵龍芸豆，需要很多、非常多的**龍芸豆**……聽懂了嗎？而給他餵食的工作當然是由……光明守護者負責！」

龍芸豆 龍芸豆是一種火龍國領地內特有的植物，十分稀有。因為巨龍十分喜歡吃這種植物，因此命名為「龍芸豆」。龍芸豆湯對飛龍族而言，是至高無上的美味。

我抗議說：「**為什麼是我？**」

賴嘰嘰回答道：「因為你是光明守護者啊！你不幹誰幹？快點幹活吧，別浪費我時間！」

賴嘰嘰對我可真沒禮貌，我歎了一口氣，起身從命了。

我拉開飛行吊艙的 窗戶 ，開始給直升飛龍餵食，將一把把龍芸豆扔進他嘴裏。

快吃點龍芸豆吧！

　　直升飛龍將豆子全吞進肚子裏……然後滿足地
舔舔嘴巴！

　　他打了一個**飽嗝**，應該說是一個**大飽嗝**：

「嗝嗝嗝嗝！」

　　賴嘰嘰叮囑我們：「快掩住鼻子……要用力緊
緊掩着啊！飛龍臭臭要來啦！」

　　話音剛落，直升巨龍就放出一連串小臭臭：

噗噗噗噗噗噗噗噗噗噗噗噗噗噗噗噗噗噗

　　緊接着是一團深色的、氣味濃郁的大臭臭：

噗噗噗噗噗噗噗〈噗噗〈

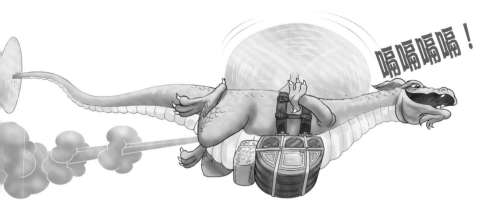

嗝嗝嗝嗝！

漸漸地，臭臭雲將直升巨龍包圍起來，讓我們躲在雲層內。

現在殲滅龍看不到我們了，我們**得救**了……偽裝奏效啦！

我正望着臭臭雲沉思時，不知是誰從身後用力**推**了我一把……我開始

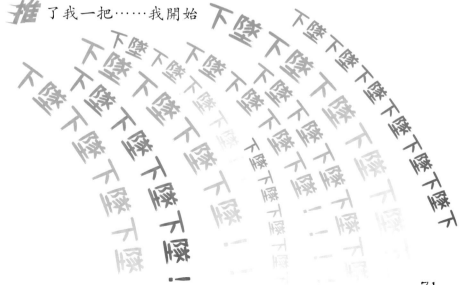

下墜！！

　　我在極速下墜中尋思着：「到底怎麼一回事？是誰在後面**推**我一把？為什麼？也許只是我自己沒站穩跌了下去？」

真奇怪……

　　我不斷下墜下墜下墜，直到我摔在森林邊緣厚厚的綠草坪上。

　　我以為自己會摔成鼠肉餅，幸好蟪螈智者送給我的**魔法鎧甲**保護了我。

　　在危急關頭，我即將着陸的那一刻，光明鎧甲發揮了神奇的力量，**釋放**出強烈的藍光，減緩了我的下墜速度。

簡直不可思議！
這真是一副神奇的鎧甲！

咔嚓、咔嚓！

經過驚險萬分的高空下墜，我的身體沒什麼大礙（可幸沒有變成肉醬），真是萬幸呢！我鼻青臉腫地站了起來，突然瞥見一道黑影籠罩大地。我抬頭一望，看到了……

殲滅龍
森林毀滅者！

它一邊飛行，一邊掄起長長的彎鈎，刀鋒將一棵棵大樹大批大批地砍伐下來。

咔嚓、咔嚓！
咔嚓、咔嚓！

我害怕得想要逃走，可從高處傳來一聲**冷酷**的屬聲高呼：「**抓住他！**他就是光明守護者！」

一張**大網**從高處猛然降下，把我嚴嚴實實地起罩起來。

我試圖抽出寶劍，**掙脫**大網，可失敗了……那張大網如此細密、如此結實、如此牢固……**它是由巫婆蜘蛛族**結成的！

很快，那張網裹着我，不斷捲起來，升起向上……

一直向上……向上……向上……向上……向上向上向上向上向上向上……

我被纏住了！

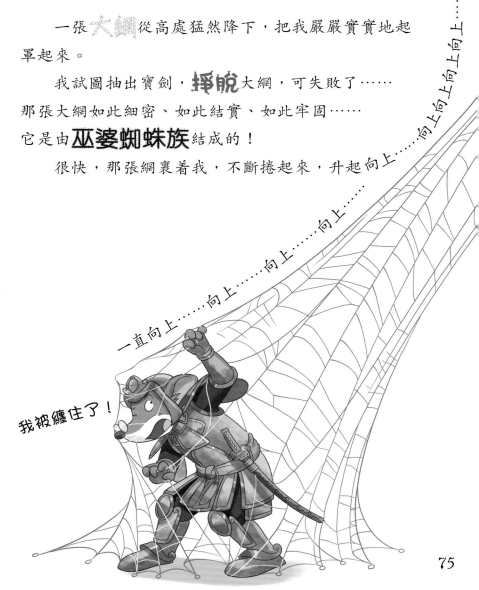

75

只見許多面目醜惡的女巫聚集在大廳裏，站在我面前，為首的一名女巫衣著浮誇、面目猙獰。我一下子就認出了這張面孔。她正是……

肥賊婆！

咕吱吱，我的情況真是糟透了！她身旁站着一隻貓，那是隻穿着魔法師**長袍**的大貓咪。那貓咪銼了銼長長的指甲，舔了舔鬍鬚！他正是……

饒舌鬼黑貓 尼諾！

在場的女巫齊聲奸笑，起哄說：

「啊哈哈哈哈，
你大禍臨頭啦！」

肥賊婆！

　　肥賊婆是女巫國最大的學堂——女巫學校的校長。她性格狡詐、無信無義，是整個夢想國中最骯髒、狡猾和奸詐的女巫。

饒舌鬼黑貓
——尼諾

　　他是芙勒迪娜的孿生姐妹——女巫妮勒迪娜的助理！他是一隻謊話連篇、狡猾奸詐的貓咪！他的毛髮如墨水般漆黑光滑，只有尾巴尖那裏有一撮白毛。他還擔任女巫學校的看門護衞。

變呀變呀變呀，變成癩蛤蟆！

　　我被擄到殲滅龍上，女巫們開始為如何處置我而爭論不休。

　　「我們要燉一鍋**鼠肉湯**，搭配香噴噴的沼澤植物蒸飯，還有蟑螂小吃！」

「不要。我們應該要他當苦力，比如讓他清理女巫國所有的馬桶！」

「你們交給我吧！我要把他關在籠子裏，當做寵物養！」

「他可以幫我用沼澤水釀酒！」

「我要他幫我**打雜**，清洗女巫餐廳的所有碗碟……」

尼諾尖聲高呼：「你們在胡說些什麼，快閃一邊去吧！只有我有權處置他，我是一隻**貓**，所以我要一口吞了他！喵嗚！」

肥賊婆發出一聲大吼：**「你們都閉嘴！該我説了！這裏只有我説了算！」**

女巫們低聲嘟囔：「哼！以一千把飛天掃帚的名義……她總是想獨攬大權！」

肥賊婆繼續發言：「你們少廢話，大家聽好了：我們來辦一個魔法變身大賽，比一比誰的法力高。誰能把這個老鼠的變身弄得最逼真、最噁心，就能成為冠軍！」

青蛙

跳蚤

變色龍

女巫們齊聲歡呼：「好呀！！！好主意！！！」

好呀！！！　真棒！！！　好主意！！！

只有尼諾鬱悶地嘟嚷着說：「真無聊，白白浪費了這麼美味的鼠肉！」

女巫們一個接一個地登上踏腳板，聲嘶力竭地吼着咒語……

咕吱吱，你們簡直想像不出我變了多少次身！

她們忙着唸出各種咒語，把我變得忽大忽小，一會兒布滿絨毛，一會兒長滿羽毛，我感覺奇怪透頂！

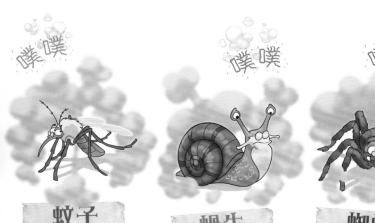

噗噗　　　　噗噗　　　　噗噗

蚊子　　　　蝸牛　　　　蜘蛛

魔法、魔法、魔法

　　女巫們爭相施展身手讓我變身，而最後一個登場的是天真姑——女巫中最傻的一個。

　　這將是我最後一次**變身**啦！

　　她揮舞着魔術棒，用長滿蠕蟲的手指着我，尖聲叫道：**「魔法、魔法、魔法變啊變，將他變成蝙蝠飛走吧！」**

　　轉眼間，我就變成了一隻長着毛茸茸翅膀的蝙蝠。哆哆哆，一想到我居然變成了**蝙蝠**，我的心裏害怕極了！

　　此時，肥賊婆發出一聲大吼：「夠了，比賽到此為止！我們該決定誰是冠軍！」

　　女巫們紛紛嚷着説：**「該我贏！**是我！我才是最厲害的，你們都不值一提！」

尼諾也加入了爭奪戰：「把他交給我吧，我要把他烤成**鼠肉串**！讓你們聞聞有多香！我還會讓你們也嘗嘗！」

就在此時，我突然**靈機一動**……我變成了一隻蝙蝠……而且長着翅膀……所以我可以**飛翔**……

我試着張開翅膀，發現自己……在空中起來了！我**瞥眼**看到屋頂上開着一扇窗，於是我輕輕撲着翅膀飛到空中，向那扇小窗飛去。

此時，**女巫們**還在為誰是冠軍爭吵不休，並試圖通過選舉來定奪。可這招也不管用，因為她們全都只投票給自己！

尼諾繼續喋喋不休:「其實我還可以為你們烹製……辣醬鼠肉丸……表面灑上一點脆皮薄餅……會很好吃,應該説很美味……上面撒上一點歐芹葉就更好啦……」

趁着他們爭論不休,我繼續向上飛去,直至我飛到窗邊……從那裏鑽了出去。

這時候女巫們才發現我逃走了,她們高喊道:

「那隻老鼠飛走啦! 天真姑,都是你的錯!在表演蝙蝠戲法前,你應該先變出個籠子,把他關在裏面,你一直都是這麼**傻!」**

尼諾尖聲叫道:

「不不不,我的鼠肉串沒啦!」

我鑽出窗户,快樂地在天空飛翔。

就在這時,我發現已經飛走的直升飛龍正在折返,四處尋找我的蹤影。

我高呼道:「我在這裏!這裏裏裏!!!」

直升飛龍聽到了我的呼喚，轉身**全速**向我飛來。

我拼命地拍動着**翅膀**，向他飛去。

眼看我就要成功了……我突然聽到**殲滅龍**內傳出肥賊婆的一聲大吼：「你這個傻瓜蛋女巫，快點把魔法**變回來！**把他變回一隻老鼠，讓他再也飛不了！快啊！」

頃刻間，我又重新變回老鼠形態，並且

下墜

救命啊！

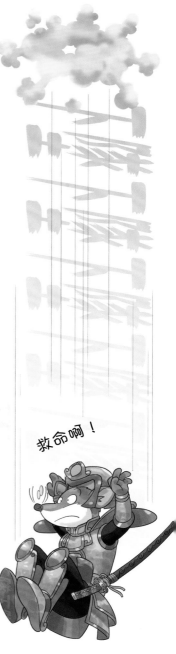

　　幸虧直升飛龍急速飛到我身下方……朋友們在空中接住了我！我重新回到飛行吊艙內，鬍子鬍子鬍子鬍子激動得不停顫抖。

　　接着，直升飛龍轉身徑直向仙女國全速前進。

「啊啊啊，他飛得多高啊！」

「啊啊啊，他吃了多少龍芸豆啊！」

「啊啊啊，我往他嘴裏扔了多少龍芸豆啊……」

　　還有，他到底放了多少個臭臭啊！

　　儘管我們周圍臭氣熏天，但直升飛龍忠於職守，盡情全速飛啊，飛啊，每飛行一段距離就要吃一顆龍芸豆，直到我們下方的景色變得光明，我們終於又看見了水晶宮璀璨的尖頂！

直升飛龍以**螺旋形**的路線向飛龍跑道下降，跑道旁的龍兒們趕忙閃避。

　　直升飛龍逐漸**減慢**強壯翅膀的拍動頻率，穩穩降落在地面。跑道旁的小龍們熱情地高聲叫好：

「嘩啊、嘩啊、嘩啊啊！」

　　這次巨龍降落真是太精彩啦！

　　我**搖搖晃晃**地從這隻奇特的生物身上跳下來……

　　我們總算抵達了水晶宮！

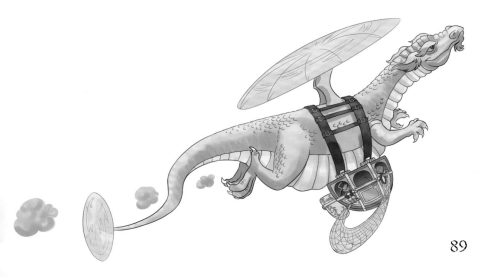

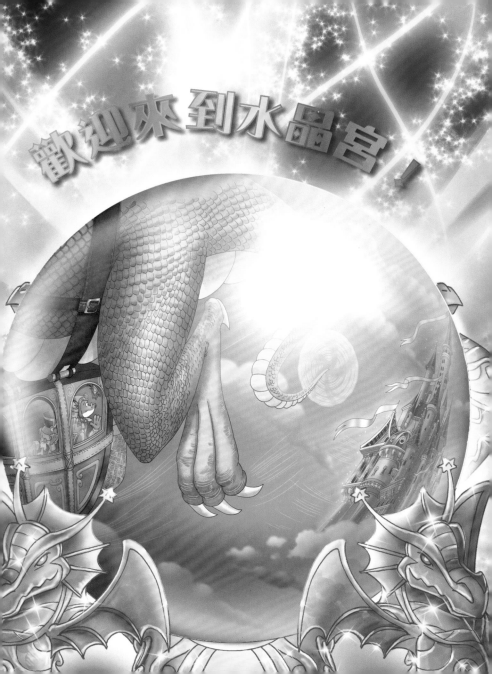

芙勒迪娜，萬民敬仰的皇后

在水晶宮裏，大家都來迎接我，首先迎來的是佛樂多——芙勒迪娜的丈夫，以及我的朋友藍龍和芙勒迪娜的哥哥——**幸運騎士**。接着，是皇后的貼身**侍女**們，她的小姪女蓋雅，以及七位仙女顧問團成員，還有一位我從未見過的、性格溫和的年長仙女……

真不幸！

可憐的芙勒迪娜！

我們該怎麼辦？

「**可憐的芙勒迪娜！**」

「這件事真可怕！」

「現在我們該怎麼辦？」

「**真不幸！**」

「光明守護者，你快想想辦法啊！」

「**她的小寶貝⋯⋯被擄走了** 被擄走了！」

佛樂多為我引路，焦急地說：「快快隨我來！皇后的情況很糟⋯⋯就連皇家醫生──矮人神醫伯都不知道該如何 *幫助她*。」

我們穿過水晶宮，來到皇后的房間⋯⋯

真不幸！

我們必須幫助她！

她的小寶貝⋯⋯

我走進房間，看到一直以來**萬民敬仰、維護和平與幸福的皇后**芙勒迪娜身穿白衣，不復往日的美麗與甜蜜。她面色蒼白、奄奄一息地躺在牀上。仙女們圍繞在她周圍，低聲啜泣着……

我走到她身旁，跪在她牀邊，眼淚止不住沿着我臉龐滑下來。

「芙勒迪娜——我親愛的皇后殿下，發生了什麼可怕的事？我能為你做些什麼？」

為什麼仙女會生病？

夢想國仙女族成員均容貌美麗，性情淡泊、極為長壽。她們不會受傷，唯一能夠使她們生病（甚至死亡）的，就是通過攻擊她們身邊的稚嫩弱小、無力抵抗的親友，從而讓她們病倒！芙勒迪娜最為珍愛的小寶貝被惡意奪走，她因此一病不起，甚至生命也受到了威脅。

她氣若游絲地說：「我的朋友，他們擄走了我的孩子，我的小寶貝……更可怕的是，就連我的國家也籠罩在黑暗魔影的陰霾下！邪惡和陰毒力量包圍着我，希望和活力離我遠去……」

蠑螈智者邁上前，鄭重地說：「希望永遠都在，我的皇后。希望就在於他，正是他——你親自挑選來**保護**小寶貝的光明守護者……」

他從袍子裏掏出印有古老黑暗魔影預言的羊皮紙，高聲朗讀起來：

當我們幾乎失去一切，
當黑暗魔影降臨世間，
當珍稀瑰寶慘遭掠奪，
希望的火苗仍然不滅。
光明守護者即將出征，
手持一把璀璨寶劍！
他將帶去水晶寶石，
至黑暗魔影藏身的巢穴！」

「你們現在明白了嗎？**珍稀瑰寶**慘遭掠奪，正是指小公主阿麗娜被擄走啊！而璀璨寶劍，就是光明寶劍！正是他，也只有他——**光明守護者**，能夠在我面前拔劍出鞘，這是我親**眼**所見的！總之，他正是命中注定將我們從黑暗魔影的陰霾中救出來的英雄……」

然後，他遞給我藏在刀鞘內的**光明寶劍**，命令我：「徒弟，拔出寶劍！」

我彎腰表示**聽從**師父的命令，毫不費力地拔出了寶劍……那寶劍散發的光芒，猶如**繁星**點亮了黑夜！

大家全都驚呼起來：啊啊啊啊啊 啊啊啊啊啊啊啊啊啊

這就是光明寶劍！

97

我跪在芙勒迪娜面前，安慰她説：「我的皇后，我以畢生**名譽**向你發誓：我會不惜一切代價，把小公主阿麗娜帶回來！不過，我首先需要**弄清楚**是誰擄走了小寶貝……我會追查到底，找出**真正的犯人**，請你相信我！」

　　我宣布説：「我要開始搜查阿麗娜公主失蹤前所在的房間。對了，我需要一個**放大鏡**！」

　　賴嘰嘰重複我的號令：「以一千隻蝌蚪的名義發誓，快拿一個**放大鏡**過來！」

放大鏡來啦！

拿個放大鏡過來……

一位侍從也扯着嗓子重複號令：「快拿一個**放大鏡**過來！」

另一位繼續**重複**號令……一個接一個……直到一個隨從少年跑進來回答：「**放大鏡**來了！」

我拿到**放大鏡**，決心立即開始調查，並進入**小公主阿麗娜**的房間。

拿一個放大鏡過來！

快拿個放大鏡過來！

我需要一個放大鏡！

空空蕩蕩的搖籃

此時，一位面容慈祥的年長仙女站了出來，她向我鞠了一躬，自我介紹：「我是月花嫂，小公主阿麗娜的保姆，我會帶你去她的房間。」

我跟着她進入小公主的房間。她的房間布置溫馨夢幻，充滿童真，可以看出芙勒迪娜皇后為了她的小寶貝投入了滿滿的愛。

只是，嗚嗚嗚，我看到那個以薄如蟬翼、繡上珍珠的仙女絲綢裝飾的搖籃⋯⋯

裏面空空蕩蕩

漸漸，淚水模糊了我的雙眼，有一刻我甚至看不清楚任何**線索……**

很快，我下定決心，必須查明是誰如此惡毒，**擄走**了小公主！

保姆仙女在角落裏靜靜地流淚，而我則開始舉着放大鏡四處**搜查**房間內的陳設，我檢查了地毯、**窗簾**、**圖書**、玩偶、家具和裝飾品，以及各種各樣的雕像，其中還有一尊賴嘰嘰造型的古怪雕像……

讓我們仔細看看……

答案參見第380頁。

賴嘰嘰在一旁對我指手畫腳，在我耳邊尖聲嚷嚷：「光明守護者，你門後面檢查了嗎？毯子下面查了嗎？櫃子後面查了嗎？你要相信我癩蛤蟆的直覺，這兒有什麼不對勁！」

　　我禮貌地請求他：「求你了，賴嘰嘰，我已經四處查看過了，你能不能安靜片刻啊？我都無法集中精神啦⋯⋯」

　　賴嘰嘰聽了很生氣，在我耳邊大吼：「我正在給你萬──分──寶──貴的建議。如果你光明守護者，懶得聽我說。那我當然可以閉嘴。不過，這可是你的損失！」

　　在這個時候，我留意到窗台上面有些又深又長的刮痕⋯⋯咦⋯⋯我似乎在哪裏見過它⋯⋯

不過這究竟是什麼呢？

於是，我舉起放大鏡仔細地觀察起來：刮痕的邊緣**鋒利**……似乎是爪痕……我發現刮痕中還殘留着金屬**碎片**！

我趕忙跑到搖籃邊查看，發現*絲帶*也被扯了一道裂口……

看起來它是被一些鋒利的東西撕破的……比如刀子般鋒利的**鳥嘴**！

接着，我又在繡花牀單上找到了一根黑羽毛！

一根烏鴉的……黑羽毛！

我氣憤地叫道：「以一千塊莫澤雷勒乳酪的名義發誓，我知道是誰幹的啦！所有的**線索**都指向一個犯人：黑暗族裔的王子──黑尾督！」

是他，一定是**他**，擄走了小公主！

不過我有一件事不明白：是誰打開了**窗戶**，讓黑尾督飛進來呢？

我們之中有內奸。

可到底是誰呢？

我不明白……

黑暗族裔的 黑尾督

　　黑尾督是黑暗族裔的王子，也是妮勒迪娜的未婚夫。黑尾督具有超強的變身能力，可以隨時化身為烏鴉或騎士……

　　黑尾督和其他的族裔成員一樣，是騙子、小偷和假貨販子。據說他有能力偷走任何一樣物品。因此，妮勒迪娜曾請託他盜取芙勒迪娜皇后的仙人戒，渴望從戒指中獲得巨大的法力。仙人戒本是由我負責掌管，我把它藏在妙鼠城房子的抽屜裏，怎料被黑尾督輕鬆地偷走了。

　　黑尾督生活在女巫國的一棵巨大、盤根錯節的猴麵包樹上，上面住着333隻如夜般漆黑的烏鴉，悄無聲息地隱在黑暗中。黑暗族裔的烏鴉十分狡猾危險，千萬不要相信他們！

我們中有內奸……可到底是誰呢？

　　我回到芙勒迪娜的房間，悄悄和她說這個可怕的**消息**：「我們之中有內奸！可會是誰呢？誰會這麼壞，故意打開窗戶讓黑尾督進來？*我的皇后*，請告訴我，誰有權出入小公主阿麗娜的房間？」

　　芙勒迪娜傷心地回答：「只有她的保姆——忠誠的*月花嫂*，有權出入小公主的臥室……可事實上，誰都有可能偷偷潛進去，打開窗戶……」

　　保姆仙女大哭起來：「我可真倒霉……都怪我，坐在*小公主*身旁的搖椅上打瞌睡……等我再睜開眼睛……嗚嗚嗚，搖籃已經空了！

真是太慘了！
我永遠也無法原諒自己！」

我本應一直守護着她，我可愛的

可是……我卻打起了

盹！

是我的錯，
都是我的錯，全是
我的錯！」

芙勒迪娜試着安慰她：「我親愛的月華嫂，誰能預料得到我們中會有內奸呢？你照顧小寶寶一定很勞累……所以才偶爾打個盹！

發現秘密詞語！

誰能預料得到呢？

太慘了！

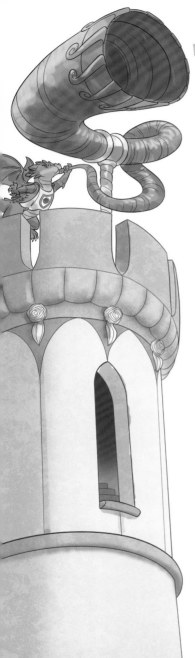

這件事情上需要負責任的並不是你，而是那個蟄伏在我們當中，趁你疲憊時偷偷潛入房間，放進黑尾督的叛徒！」

芙勒迪娜吃力地直起身子，在牀上坐了起來。她下令道：「誰也不許離開城堡！光明守護者，我拜託你立刻展開調查。我們眼前的當務之急，是找出叛徒，並審問清楚！然後，才是對付我邪惡的妹妹妮勒迪娜，以及她的未婚夫黑尾督！」

水晶宮的大門很快關上了。現在沒有誰可以走出城堡。

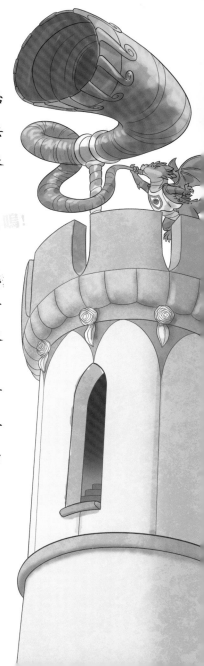

嘟嘟嘟嗚嗚的
嘟嘟嘟

我正要與皇后告別，準備開始調查。此時，**城堡**塔樓上的哨兵吹響低沉嘹亮的號角，警示危險來臨。

嘟嘟嘟嗚嗚的　　　　　　嗚！

一位哨兵奔進房間，**上氣不接下氣**地匯報：「陛下！情況十萬火急！黑暗魔影馬上就快侵襲水晶宮啦啦啦！」

我跑到窗前，向外張望：眼前的**景象太可怕**了！黑暗魔影一湧而上，正沿着水晶宮外的巨石向上蔓延。

**以一千塊莫澤雷勒乳酪
的名義發誓，
我們已經
深陷險境！**

黑暗魔影
黑暗魔影正不停向上蔓延！

水晶寶石

　　面對危急形勢，芙勒迪娜強撐着身體，在丈夫和仙女們攙扶下，抵達了水晶宮正中央的儀式大廳，坐在寶座上。

　　「這裏是我的領地，我會一直在這裏戰鬥**保衛**大家。現在我宣布召集夢想國集會！所有希望逃離**黑暗魔影**的民眾，都可以來此尋求庇護！我們歡迎任何一位民眾，只要敲門即可進入！然而，請記住：沒有誰可以離開城堡……

因為我們之中有叛徒！」

　　隨即，城堡大門敞開，門外擠滿了從夢想國各方逃難的民眾，他們排隊等待進入水晶宮……

很快，儀式大廳裏擠滿了不同種族的民眾。芙勒迪娜轉向蝾螈智者説：「我的智者朋友，你有什麼**好建議**，能制止黑暗魔影嗎？」

蝾螈智者嚴肅地回答：「唯一的方法，就是遵循**古老的預言**。預言是這樣説的：

你可不要做有損形象的事！

「光明守護者
即將出征，
手持一道璀璨寶劍！
他將帶去水晶寶石，
至黑暗魔影
藏身的巢穴！」

我不解問道：「其實，我不是很明白……所謂的光明守

護者，就是我，要帶去一塊**珍貴的寶石**？是什麼寶石啊？所謂『黑暗魔影藏身的巢穴』又是哪裏啊？呃……感覺很危險……」

小龍阿力布停在我肩膀上，啄啄我耳朵，低聲說：「你可不要做有損形象的事，光明守護者！的確會有**危險**，應該說**十分危險**，甚至

萬——分——危——險！！！依我說，你至少表面要裝出勇敢的樣子吧！

聽明白了嗎！吼吼吼！」

蝾螈智者清清嗓子：「呃……正如我所說，唯一可以阻止黑暗魔影的方法，就是摧毀黑暗魔影的**巢穴**，將珍貴的寶石放進去……也就是

仙女國最為珍貴的一塊水晶！」

117

水晶寶石的故事

　　水晶寶石是仙女國最為珍貴的一塊水晶，因為其中蘊含了仙女們的魔力、美德、慷慨和其他美好的特質！它是一塊極為純淨的水晶之心，上面刻有芙勒迪娜的雕像。

　　水晶寶石被嚴密地收藏起來，存放在一個由仙女白銀和水晶製成，非常精緻的小匣子裏。它被重重深鎖在七德寶箱中（箱子裏含有六個小匣子）。

力量匣

勇氣匣

慷慨匣

　　七德寶箱的第一個匣子是黃金打造的，裏面還藏有一個黃銅匣、一個青銅匣、一個鋼鐵匣、一個白銀匣、一個玫瑰木匣……而最後一個小匣子則是由仙女白銀和水晶製成，水晶寶石就存放在這個匣子裏。

　　七德寶箱象徵了七種高尚的品德：

　　力量、勇氣、慷慨、樂觀、希望、禮貌和善良。

　　水晶寶石越靠近邪惡力量，就會變得越發沉重。

樂觀匣　　　　希望匣　　　　禮貌匣　　　　善良匣

水晶宮的寶物

芙勒迪娜拍拍手，七位仙女扛着一個大金屬箱子進來了。

這個就是七德寶箱！

我一個接一個地打開裏面的匣子：黃金匣、黃銅匣、青銅匣、鋼鐵匣、白銀匣以及玫瑰木匣……

最後，我雙手顫抖地打開水晶小匣……即是第七個匣子！

我小心翼翼地地打開匣子，裏面藏着一塊水晶寶石，這是我生命中見到的最璀璨的寶石！

它純淨的光芒照亮了整個大廳，光輝照耀得我睜不開眼睛。

芙勒迪娜叮囑我說：「**我的朋友**，現在你可是當之無愧的光明守護者了！要知道你的身上肩負重要的使命！水晶寶石中凝聚了我們所有仙女的能量，因此十分強大！如果你此行失利，水晶寶石被**弄丟**、**摧毀**，抑或落入邪惡之手……我們的王國就會永遠消失！」

我彎腰致意，直到鬍子碰到地板，說道：「我的皇后，我會竭盡全力，以不辜負你託付給我的**重任**！」

蠑螈智者補充道：「拜託你了，光明守護者，現在由你來守護水晶寶石。千萬不要將它交給**任何人**，要知道妮勒迪娜的那些邪惡盟友會隱藏在各個角落……」

以一千塊莫澤雷勒乳酪的名義發誓，我好害怕啊！

我裝作冷靜、處變不驚的樣子說：「我只有一事不明白……我要把水晶寶石**帶往**何處呢？」

蠑螈智者搖搖腦袋：「只有一個人可以回答你：

偉人 蘭道夫 ！

因為他擁有神奇的水晶球！你現在立即出發前往光之岩。乘着直升飛龍去吧，畢竟在夢想國沒有誰比他更**快**啦！」

小龍阿力布尖聲說：「**我和他一起去**，這樣我能監督他！」

賴嘰嘰抗議說：「要是他能去，**我也要去！**我要將一切記錄下來，以後撰寫夢想國編年史時肯定用得到！」

蘭道夫
是一位偉大的正義魔法師。若想更深入地了解他，請翻到第157頁。

我衷心感謝他們。我正要離開房間，前往飛龍**跑道**乘直升飛龍離去，此刻城堡塔樓上突然傳來了號角聲：

「**嘟嘟嘟嘟嘟嘟！嗚嗚嗚嗚嗚嗚嗚！**

塔頂上的哨兵高呼：「**危險險險！危險險險！黑暗魔影快逼近水晶宮的大門啦啦啦啦！**嗚嗚嘩啊！我們可慘了，已經兵臨城下啦！」

大廳裏的民眾開始慌亂起來，害怕地**叫嚷**……仙女們則默默地哭泣，夢想國的居民一個個開始呼天搶地：

完蛋了 「**我們完蛋了！**」完蛋了

蠑螈智者用手杖重重地敲了三下地面：

「**安靜靜靜！**」

輕身術

　　蝶蟮智者重複高呼：「安靜靜靜！夢想國的居民，請聽我説。我們並非無路可走！只有一個**方法**可以拯救水晶宮，就是……將它整座遷移到光明峯頂上！**黑暗魔影**目前還無法抵達那裏！」

　　他轉向芙勒迪娜，請求説：「我的皇后，我知道你已**筋疲力盡**，你還能有力氣實現魔法——也許是你畢生中最難的一個魔法……**輕身術**嗎？」

　　皇后思索片刻，沉着回答：「可以，如果仙女國的全體仙女和我一起揮動魔法杖的話！水晶寶石會助我們一臂之力……**大家眾志成城，就可以實現！**」

　　仙女們圍繞水晶寶石排成一圈，揮舞着魔法杖，齊聲歌唱……

輕身術

我們魔法杖相交匯，
團結、純淨又光輝！
我們心靈在一起，
任何困難也無懼。
我們心靈很純真，
宛如摯友的微笑！
存放寶物的城堡，
也會變得輕飄飄……
皇后的小女兒是瑰寶，
可愛的公主阿麗娜！
水晶宮啊水晶宮，
變得像雲朵般柔軟吧！
請你快張開翅膀，
向高廣的藍天飛翔！

我們的魔法在此交匯！

仙女們的魔法杖中飛出一股股**閃閃發亮的火花**，它們逐漸匯聚成一道光柱，升上天空。

突然，那一顆顆火花熄滅了。一時間，寬廣的大廳內變得一片**寂靜**。

大家驚訝得面面相覷……

現在到底發生什麼事了？

我飛起來啦！

救命命命！

呵呵呵！

突然，整座城堡開始**晃動**起來，然後**劇烈地抖動**……向右歪……再向左歪……直到城堡開始離地升起，變得如同蝴蝶一般**輕盈**！

城堡內的物品開始變得失重：椅子、盤子、餐具、書本、枕頭，甚至還有櫃子、牀……

連我們也飄浮了起來，變得如像蝴蝶一般輕盈！

救命！

嗶啊！

呱呱！

怎麼飛起來了？

像個不折不扣的傻瓜……

在水晶宮的大廳裏，一片慌亂。這時，芙勒迪娜上前吩咐我：「快啊，光明守護者，快出發吧！快飛到蘭道夫那裏，向他求援！再不走就來不及了！」

我向她**鞠躬**，應該説，我試圖向她鞠躬。因為我用力過猛，在空中翻了個**筋斗**！

大家看着我交頭接耳：「**呃**……這個傢伙真的是預言中所説的光明守護者嗎？**他看上去像個不折不扣的傻瓜！**」

哎喲喲喲

我在空氣中體驗失重行走，並試圖抓住輕輕搖晃的水晶寶石，可它從我手中滑脱，我一頭撞上了天花板。

咚！

拿到了！

大家看着我交頭接耳：「果然沒錯！**他看上去像個不折不扣的傻瓜！**」

幾經掙扎，我最後總算抓住了水晶寶石，我把它塞進一個絲網小袋裏，並將袋子掛在我脖子上……

我告別芙勒迪娜和仙女們，與賴嘰嘰和小龍阿力布一起，在空中搖搖晃晃地行走，直到抵達巨龍**跑道**。芙勒迪娜的輕身術看來在那兒**沒有起作用**，我猛地摔到了地上。

咕吱吱，真倒霉！

看來大家説得沒錯：我**看上去像個不折不扣的傻瓜！**

我站起身，渾身腰痠背痛，我拜託直升飛龍：「朋友，加油啊！請速速載我們前往蘭道夫所在之地——**光之岩**！請你飛得比光速更快！」

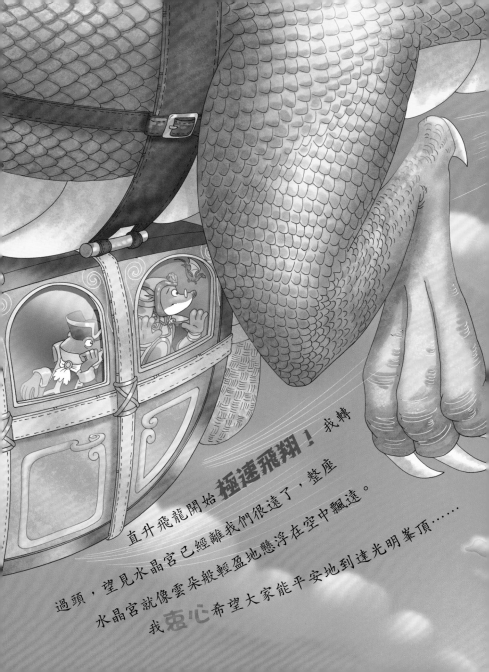

直升飛龍開始**極速飛翔**！我轉過頭，望見水晶宮已經離我們很遠了，整座水晶宮就像雲朵般輕盈地懸浮在空中飄送。我**衷心**希望大家能平安地到達光明峯頂……

此刻，直升飛龍突然朝我們大叫一聲：「**你們抓緊緊緊啦！**」

然後，他奮力加速向前衝去，我還沒來得及叫聲「吱」，我們已經飛越了

我們越過綠柵欄，來到**十二棵橡樹**之環，大樹們紛紛張開枝杈讓我們通過，原來他們已經提前聽到消息，知道我們即將到來……只需**閃電**般的功夫，我們就抵達了光之岩魔法城堡的大門！

歡迎來到光之岩！

　　一陣濃密、帶着香氣的神秘魔法**濃霧**籠罩在城堡周圍，我們沿着一條金碧輝煌的橋，來到宏偉的城堡前。那濃霧神奇地逐漸退散了，城堡潔白的牆壁映入我們眼簾，在太陽**映照**下如水晶般光輝明亮。城堡上一面印有

光之國

徽章的旗幟隨風飄揚！

　　我踏上城堡前的樓梯，一顆心激動得怦怦地跳個不停。

光之岩到了！

賴嘰嘰評論說：「呱呱……呱……你四周看看……蘭道夫施放了更多的**魔法霧氣**！説明危險也迫近了光之國！是誰告訴他的呢？看來他也很擔心**妮布拉**的黑暗力量入侵啊！」

啊啊啊啊！

歡迎迎迎！

我們來到城堡大門前。一位身着閃亮鎧甲的**騎士**護衛正守在城堡入口處。他高興地呼喊我：

「**歡迎迎迎**迎迎迎！」

他向我衝來，緊緊抱住我：**正直無畏的騎士……**

「也許，我應該稱你為『光明

守護者』，抑或是『前往執行艱巨任務，誰知道會不會丟了性命的可憐小老鼠』？見到你太開心了，雖然你很快就要離開……讓我再抱抱你吧！」

我望着這位朋友——幽靈騎士銀白說：「我也很高興又見到你，好朋友！別擔心，我在蠑螈智者那裏修行圓滿，還獲得了生命平衡之道的藍帶。別擔心，我才不會丟了性命，以我小老鼠的名義發誓……」

幽靈騎士 銀白

這副奇怪的銀色鎧甲看上去裏面空空如也，其實他是一位真正的騎士！

很久以前，他只是陳列在武器室裏的一副普通的鎧甲，可他夢想成為一位真正的騎士去歷險。

蘭道夫在多年以前賜予了他生命，從那時起他擔任光之岩城堡的護衛，協助抵禦外敵入侵。大家都叫他「銀白」，他很喜歡這個名字。

銀白性格十分忠誠。為了保持良好形象，他花了許多功夫保養鎧甲，以使其保持光亮如新的狀態。我在過去遊歷夢想國時認識了他，並成為了好朋友。

　　幽靈騎士銀白回答我：「呃，要說『**不會丟性命**』、『修行圓滿』還真是為時過早……總之，我曾親眼目睹很多氣宇軒昂的英雄，當他們踏上城堡**吊橋**出發時，一個個英姿勃發、談笑風生、毫不畏懼、勇猛逼人，而且自信滿滿、光芒萬丈、運籌帷幄、慷慨激昂、**活力四射**、正氣凜然、**光明磊落**、一馬當先、赴湯蹈火、頂天立地、**氣吞山河**……他們出發時曾經一一和我道別，每個人都自信能夠成為**蓋世英雄**，並且聲稱能夠在四分之一秒打倒敵人……嗚嗚嗚，可是他們沒有一個能活着回來！他們全部被吸進了

黑暗魔影！」

頓時，我變得臉色蒼白，問道：「你是說……他們全被吸走了……吸進了黑暗魔影？等等……『**被吸進去**』是什麼意思？」

銀白意識到自己多嘴了，趕忙改口說：「**騎士**，你就當我什麼也沒說，從沒提過黑暗魔影……就當我從沒和你提過英雄們在**出征**後被魔影吸走之事，反正偉人蘭道夫會向你解釋一切！」

他們都被吸走了！

好可怕！

保重、再會、謝謝你！

幽靈騎士的說話，讓我腦子裏盤算着打道回府，我左思右想，決定⋯⋯立刻拔腳**逃跑**。

以一千塊莫澤雷勒乳酪的名義發誓，這情況嚇得我的**鬍鬚亂顫**：我可不想被吸進黑暗魔影！

我對賴嘰嘰說：「呃，親愛的朋友，你聽到幽靈騎士銀白說的話了嗎？我的命好苦啊⋯⋯黑暗魔影已經**吸**進了許多英雄男兒！更何況我根本算不上英雄？依我說，我還是回去吧⋯⋯

保重、再會、謝謝你！」

我轉身要走，可賴嘰嘰一把揪住我的**尾巴**，說：「光明守護者，你這樣離開也太輕鬆了吧！」

小龍阿力啄住我的耳朵，嚷着說：「**嗯，你**

害怕了？ 我就不告訴蠑螈智者！你不能臨陣脫逃，至少要試一試啊！你可記得你曾許諾過要變得

以配得上藍帶的榮譽……」

我歎了口氣。沒錯，我曾經許下諾言！而我總是遵守諾言。所以我不能像個傻瓜一樣逃走！

我轉身對阿力布說：「**請你**別將剛才發生的事告訴蠑螈智者。我的確想過打退堂鼓，因為我十分恐懼。不過……我決定不再退縮！」

保重！

你這樣離開也太舒服了吧！

 請你用手指擦擦黑色墨水漬，秘密詞語就會神奇地顯現出來。隨後，請在本書第381頁的羊皮卷上寫下這個詞語。

145

然後，我轉身對幽靈騎士銀白說：「銀白，請帶我去見

偉人蘭道夫！」

　　阿力布滿意地點點頭，銀白便馬上向後**轉**，他身上的鎧甲彷彿**生鏽的鐵門**般吱嘎作響。他領着我向光之岩魔法城堡內部走去……

　　可他並沒有帶我去蘭道夫的房間，而是踏上一條秘密**通道**，不斷向下、向下、向下、一直向下……

　　沿着

　　　　我從未見過，

　　　　　　稀奇古怪的

　　　　　　　　樓梯走着，

　　　　　　　　　　那些樓梯

居然會講話！

誰在煩我？誰？誰？誰？

請你用手指掾掾黑色墨水漬，秘密詞語就會神奇地顯現出來。

我們跟着幽靈騎士銀白進入魔法城堡往下走，那些古怪的樓梯似乎永遠永遠永遠沒有盡頭！

這些魔法樓梯是由一位真正的魔法師在自己的

發現秘密詞語！

內精心打造。它們可以自由地連接不同的樓梯段、通道、平台等，組合**層出**不窮，它們甚至會突然憑空消失……而且它們不斷發出竊竊**笑聲**！

當我們沿着魔法樓梯上上下下時，不知何處傳來了一陣陣**奇特的音樂聲**，仿似管風琴樂聲。

那樂聲彷彿瀑布般澎湃，彷彿獨角獸在奔馳般急促，又如牙痛的巨龍般狂躁，暴跳如雷。

我好奇地問：「銀白，這陣陣奇特的音樂是怎麼一回事？從哪裏傳來？」

銀白指了指一扇櫟木大門：「音樂就從那兒來。製造魔法雲霧的工廠就在門後！蘭道夫把自己鎖在裏面有些時日了，他一刻不停地生產魔法雲霧！」

他低聲提醒我：「從蘭道夫的彈奏旋律來看……形勢緊急……十分緊急……甚至可以説十萬火急。騎士，我是説光明守護者，拜託你千萬不要惹惱他，他似乎很緊張……」

他又吩咐阿力布和賴嘰嘰説：「你們倆請在門外等候，只有光明守護者可以進去！」

我敲敲門，獨自……走進房間！

眼前的景象讓我目瞪口呆，真神奇啊！

我發現自己置身於一個非常寬廣的房間，裏面設置了一些古怪的齒輪、儀錶和機械裝置……

只見偉人蘭道夫就坐在房間正中央，一座巨大的金色管風琴前。他正怒氣沖沖地彈奏着激昂的音樂。他彈得越急促，從高高的金色管風琴管中冒出的霧氣就越濃厚。

我輕輕咳嗽一聲：「呃……呃……呃……偉人……不好意思……我是……」

突然，他猛地按下和弦：

咚！咚！
咚咚咚！

驟然終止了彈奏。

突然，一團霧氣湧了出來：噗！

蘭道夫怒吼道：「是誰在煩我？誰敢在我彈奏**魔法音樂**時打擾我？誰？誰？誰？誰放你進來的？我不是下令過外人不得入內嗎？」

我聲音**顫抖**地回答：「**呃……是我，光明守護者，其實……**」

蘭道夫聽到這幾個字，猛地轉過身，大步流星地朝我奔來，一把將我摟到懷裏，激動地說：「以一千根魔法杖的名義發誓，你應該早點通傳**報上名來**：我一直在等你！」

我一直在等你！

嗐啊！

隨後，他細細地打量我：「嗯……我知道你去蟒蠍智者那裏**修行**了。誰知道，也許，這麼一來，你不再是個徹頭徹尾的……**大蠢材**了？嘿，反正是騾子是馬，拉出來溜溜。一個史——無——前——例的光輝使命正等着你呢：如果你能完成（而且活着回來），你就會成為**大英雄**；如果你失敗了（被吸走了），那就說明你仍是個**大蠢材**！」

我尷尬得臉都漲紅了：「呃，我想請教你，關於你說的**光輝使命**，我應該……」

他打斷我的話：「唏！我知道、我知道、我就知道，不用你說，你是來求我幫忙的。蘭道夫這個，蘭道夫那個，蘭道夫快來，蘭道夫別走！每次一有**麻煩**，大家都一定會跑來問我……可誰也想不起來請我喝點咖啡、吃些**甜**

點！說到這個……對了，對了，喝茶時間到了。」

　　蘭道夫揮揮魔法杖……頃刻間我們面前就出現了：一個小茶桌，上面蓋着繡了蘭道夫姓名首字母的白色亞麻餐布，一個精緻的陶瓷茶壺，一隻裝滿可口甜點的銀色盤子，以及兩張舒適的扶手椅！

魔法雲霧工廠

　　眼前的布置讓我難以置信，試圖抗議：「呃，蘭道夫，請原諒我這麼說，可我不認為現在是喝茶的好時候！形勢**危急**、**十分危急**，甚至可以說**十萬火急**……」

　　蘭道夫打斷我：「不，並非如此，小老鼠！正是因為形勢**危急**，我們才需要停下來冷靜**思考**。而此刻我們所需要的，正是一杯好茶！現在，要是你不反對，我要靜靜地**品**茶了……」

　　蘭道夫直到喝完最後一滴茶、吃光最後一塊**甜餅**，才心滿意足地靠在扶手椅上，對我說：「現在我們可以談談了。」

偉人 蘭道夫

蘭道夫是光之國的魔法師。他名字的含義是「狼之盾」，他家族的起源至今仍是一個謎⋯⋯大家對他有不同的稱呼，例如：永恒魔法大師、「解決問題大師」。因為哪怕是無解之謎，他也總能找到解決方法！因此，夢想國的人民碰到問題時就會常常向他求助。

蘭道夫獨來獨往，熱愛閱讀和音樂，擁有一個收藏着海量珍稀書籍的圖書館，並會彈奏多種樂器⋯⋯他是夢想國最優秀的音樂作曲家，並親自創作了光之國國歌。他知識十分淵博，他是夢想國公認的天才：精通夢想國所有語言，甚至精通植物的語言。他多才多藝，喜歡畫畫，還發明了許多古怪的機器。比如，他發明了「噴霧機」——專門製造魔法雲霧的儀器，一直圍繞着光之國的雲霧就是這樣來的。

在這時候，僅僅在這時候，我才敢開口：「大師，現在形勢**危急**……」

他點點頭：「我知道，我知道……我從

魔法水晶球

中看到了……」

我問他：「那麼……也許……你……說不定……應該……**可能**……也能指點我該如何完成使命？」

蘭道夫**高聲**說：「當然了，只有一個辦法……就是觀察水晶球！可**魔法雲霧**一刻也不能停止生產，因此……當我觀察水晶球時，你必須待在這裏，繼續彈奏管風琴！明白嗎，小老鼠？」

我喃喃地說：「呃，很抱歉蘭道夫，可我不會彈琴……」

他聳了聳肩，毫不在意我說的話：「聽着，小老鼠，光之國的魔法師中流傳**一句名言**，任何魔法師、任何人都知道，你知道是什麼話嗎？」

這個神奇的魔法水晶球就是……

奇跡之球！

這顆水晶球由水晶矮人國王石英伯親手雕刻而成。
你能夠透過它了解夢想國發生的一切情況。

我沉默不語，蘭道夫聲如洪鐘地說：「**你要是不會彈，那就努力去踩！**知道為什麼嗎？」

　　我好奇地問：「啊，為什麼？」

　　他哈哈大笑：「你很快就會**明白**為什麼，小老鼠……來，等着**瞧**吧……」

　　他按下**管風琴**底座上一個古怪的把手……

你總會踩吧！

嗯……

一陣奇怪的齒輪摩擦聲傳來⋯⋯

一道**活動裝置機關**從地板上打開⋯⋯隨後一架款式古怪、應該說十分古怪的金色單車升上地面。

唉唷！

蘭道夫嚷嚷：「現在你明白了嗎？既然你不會彈⋯⋯那就**踩**吧！你可要加把勁兒，否則黑暗魔影就會吞噬整個城堡！」

說罷，他甩甩**潔白的披風**，大步流星地走了，去查看水晶球。而我騎上單車，開始踩腳踏板。

我**踩**啊⋯⋯**踩**啊⋯⋯**踩**啊⋯⋯可是管風琴的琴管卻一滴水霧也沒有冒出來。

咕吱吱，這可如何是好？

在此時，恰恰在此時，我聽到一把奇怪的聲音。

「光明守護者，你可知道自己踩的腳法不對？」

我嚇得**跳**了起來：「是誰？誰在說話？」

我瞪大眼睛四周張望，可誰也沒看見。那一把小**聲音**嘻嘻笑起來：「光明守護者，我就站在你面前！」

接着，有人誰擰了**擰**我，笑着說：「以首席音樂精靈——**飛揚・輕舞仙**的名義發誓，你真是個大傻瓜！負責生產魔法雲霧的就是我。

既然你不會彈，Do！Do！Do！我來彈琴把舞跳！Do！Do！Do！我說到就會做到！

我是輕舞仙！

「你甚至不知道怎樣踩踏板……不過你很可愛，所以我會幫助你！你來踩，我來彈，明白嗎？」

我這才注意到，我面前站着一個小精靈，她開始在鍵盤上蹦來蹦去……奏出歡快活潑的音樂。管風琴的金色琴管開始呼呼冒氣。輕舞仙一邊在鍵盤上跳舞，一邊唱着歌……

La！La！La！我來幫你好不好！
Do！Re！Mi！我說到就會做到！

友誼和音樂的魔力

　　輕舞仙身姿輕盈，就像雜技演員般從一個鍵蹦到另一個鍵，一邊彈一邊唱，有時她的步伐**歡快**又**活潑**，有時緩慢而夢幻……有時則變得沉靜而莊重。

　　而我在旁邊則不停地**踩啊••••••踩啊••••••踩啊••••••**從那座金色管風琴的琴管中開始飄出潔白光亮的雲霧。

噗•••••• **噗••••••** **噗••••••**

魔法雲霧！

　　我歡呼雀躍：「我們成功了！謝謝你，輕舞仙！」

　　可她搖搖頭說：「**才沒有！**別高興得太早。

這點兒雲霧暈連光之岩都遮蓋不了……更別提光之國了！我要請**姊妹們**幫忙！」

我還沒來得及「吱」一聲，輕舞仙吹吹口哨，六個小仙子很快跳着舞出現在我面前……

我喜悅地望着她們，腳下拼命踩着踏板，一時間甚至忘記了勞累……這正是友誼和音樂的魔力！

小精靈們突然一溜煙跑走了，笑着和我告別：「快快快！我們先溜了！那個**脾氣暴躁**的蘭道夫回來啦！」

就在這時候，蘭道夫回來了。他滿意地嚷嚷：「做得不錯，小老鼠，光之岩被雲霧遮得嚴嚴實實……是你造出這麼漂亮的魔法雲霧嗎？」

我決定講實話：「呃……其實……是輕舞仙和她的姊妹們幫我做的！」

蘭道夫微微一笑：「非常好，小老鼠，我很高興你說了實話……」

隨後，他轉身對輕舞仙說：「我猜我的外甥女狼聰聰請你來幫忙……總之，現在言歸正傳。奇跡球裏的景象顯示：現在形勢危急，十分危急，甚至可以說十萬火急！我甚至看不清阿麗娜身在何處！一切都很古怪，似乎她隱身了！」

蘭道夫示意我：「隨我來，小老鼠！」

狼聰聰

和她的魔法
好友們

貓瑩瑩

狼聰聰

狐嬌嬌

熊莉莉

　　狼聰聰是蘭道夫的外甥女。她來自於利齒城堡，那裏是狼族魔法師的棲息地。她在光之岩的魔法學校裏有三個好朋友：狐嬌嬌、熊莉莉和貓瑩瑩。她們可以分別變身為狐狸、狼和貓頭鷹。這幾個女孩是一起長大，感情要好的姐妹。

偉人蘭道夫的秘密

蘭道夫帶領我走過一道道矮樓梯和高樓梯，穿過一個個小房間和大房間，我這才留意到整個**城堡**內空無一人……真奇怪！往日城堡裏總是熱鬧非凡，**男魔法師**和**女魔法師**來來去去，絡繹不絕……

我們經過魔法學校的教師，我注意到教室裏一片寂靜……**真奇怪**！往日教室裏總是傳來學生的喧鬧聲和腳步聲……

我們來到一個會議大廳，我注意到這個大廳**空空蕩蕩**……好奇怪，以往每次有緊急情況，蘭道夫都會迅速召集魔法大會！

我試探地**問道**：「呃，蘭道夫，發生什麼事了？城堡為什麼被會這麼冷清呢？**魔法師大會**

怎麼不召開了？狼聰聰、熊莉莉、狐嬌嬌和貓瑩瑩在哪裏？還有馮・德拉肯七兄弟呢？」

蘭道夫皺起眉頭，示意我安靜。然後，他低聲說：「噓噓噓，小心隔牆有耳……等時機成熟，我會向你解釋。」

我們來到水晶球前，蘭道夫轉向我，向我擠擠眼睛，隨後舉起魔法杖碰了水晶球表面三下……水晶球神奇地突然變大了，內部張開一條通道，把我們吸了進去！

咚！
咚！
咚！

答案參見第380頁。

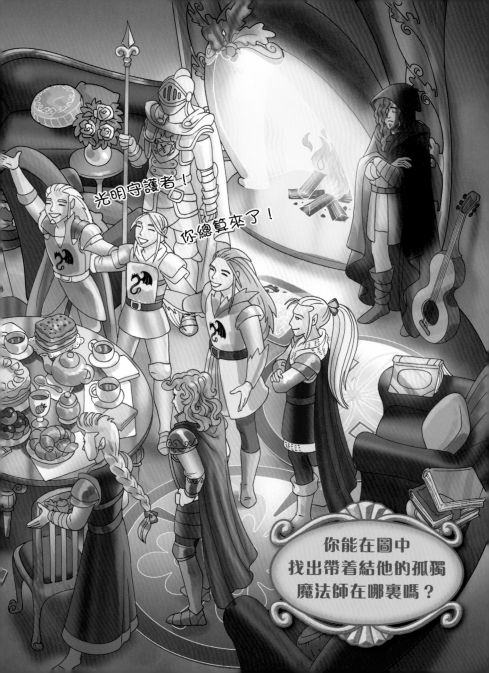

大家為我，我為大家！

在房間內，狼聰聰和她的朋友們上前擁抱我：「光明守護者，我們為你自豪！你是我們最敬仰的**英雄！**這一次，芙勒迪娜把**最艱巨的任務**交給你……」

馮·德拉肯七兄弟走過來圍住我，一個個把手放在**胸♥口**，齊聲宣布：「馮·德拉肯七兄弟願意隨時為你效勞！」

我感激地說：「*謝謝，朋友們！*……可你們為何在這裏藏身呢？魔法學校的其他學生，以及參加魔法師大會的魔法師都在哪裏？」

> 馮·德拉肯七兄弟是兩位精通自然氣象元素的魔法師——和諧叔和自然嫂的孩子。他們七兄弟個個身懷絕技，可以操縱自然氣象……

蘭道夫簡短地解釋：「**小老鼠**，既然芙勒迪
娜在自己的宮殿都會被出賣，這說明妮勒迪娜已在
各處都埋伏了**線眼！**魔法師學校的學生都被接回
家了……如今留在這裏十分危險！魔法師大會也解
散了……每位魔法師必須緊守崗位，**守衞**光之國的
領地，以免遭黑暗魔影的侵襲。」

我氣憤地說：「*我們必須制止黑暗魔影！*
蘭道夫，有什麼我可以做的呢？芙勒迪娜告訴我，
只有才能告訴我該怎麼做！」

我從脖子上掛的小袋子內掏出

水晶寶石……

剎那間，金色的光芒照亮了水晶球的表面，大家驚喜地尖叫起來：

啊啊啊啊啊啊啊啊啊啊啊啊啊啊啊啊啊啊！

「水晶寶石！」「簡直不可思議！」

我繼續説：「芙勒迪娜曾囑託我，水晶寶石上聚集了仙女們全部的力量和美德……只有它能夠制止黑暗魔影，可……我該怎麼做呢？我該去找誰？我曾對皇后殿下許諾，我會盡全力營救她的小公主阿麗娜。」

馮·德拉肯七兄弟、狼聰聰和她的朋友們堅定地齊聲宣誓説：「光明守護者，我們都聽你指揮！我們願和你肩並肩站在一起，**對抗**妮勒迪娜和她的黑暗盟軍！」

孤獨魔法師

　　蘭道夫摸摸下巴，説：「好吧，我別無選擇，反正你這小老鼠總不能獨自去戰鬥……而我必須留在城堡，繼續生產魔法雲霧……」

　　蘭道夫補充説：「不過銀白會和你們同去，他會保護你們。和你們一起去的還有 **孤獨** ，**神秘的魔法師**，他熟悉夢想國的各個領地。」

　　他指了指一位站在角落裏的神秘年輕人。只見他全身裹着**黑色的斗篷**，朝我們微微點點頭，一言不發……我問道：「我能帶上**好友**賴嘰嘰和小龍阿力布嗎？」

　　蘭道夫點點頭，一臉嚴肅地説：「從今天起，你們就是『**寶石伙伴團**』了。請你們追隨光明守護者，一路前往地獄火焰山。妮勒迪娜的盟友——**妮布拉**就在那裏，協助她製造黑暗魔影……」

突然，我感到有誰拉住我的鬍鬚，高聲說：「**我也要去去去！**你們少了我可不行，不是嗎？」

我定睛一看，原來是音樂精靈輕舞仙。

蘭道夫笑了起來：「好吧，你也去！」

我也要去！

哎喲！

妮布拉
變身怪客

妮布拉是黑暗魔影的製造者。她是邪惡陣營中妮勒迪娜堅定的盟友。她製造了黑暗魔影，並企圖藉這片陰暗的雲霧統治整個夢想國。妮布拉會變身：她可以變身為各種事物，欺騙眼前人。

我憂心忡忡地問：「呃……可我們該怎麼去地獄火焰山呢？」

蘭道夫用手拍了三次奇跡之球表面，宣布：「這就是你們的交通工具：奇跡之球會在一瞬間載你們去想要去的地方！讓我告訴你們一個秘密：這個奇跡之球可以任意變大或變小，甚至急速飛行……」

他隨即用魔杖點點奇跡之球，放聲歌唱：

「無論你想去何方，
它都能載你飛翔。
只需要放聲唱出，
和諧美妙的音符。
唱出一顆真心，
唱出真切心情。
但若你假情假意，
休想它順你心意！
哈！哈！哈！」

奇跡之球的秘密

　　奇跡之球不僅能夠顯示夢想國內發生的一切，還可以成為旅行的交通工具。它可以帶你前往夢想國的任何地方，並能夠極速飛行。

　　若想啟動奇跡之球，只需要將它放在刻有四條龍雕像的底座上，並朝着它唱一首特別的曲子：水晶球之歌。

　　需要注意的是，這首歌必須以正確的方式唱出來才有效：不能走音，需要真心真意地唱出來！如果有誰唱歌時心術不正，奇跡之球就不會順從，或者故意對着幹……因此，如果你不確定自己心靈是否純淨，最好不要使用它，否則就會遭殃！

嘿，大家都停下！
誰唱走調了？

蘭道夫從手中掏出一卷羊皮紙，說到：「看吧，這就是你們要學習**歌唱**的水晶球之歌！你們必須懷着一顆真心歌唱，明白嗎？

輕舞仙讓我們合唱排練一遍又一遍，反覆糾正我們的發音和**音準**。

她體形雖然小，**帶領**我們時卻領導能力十足。

任何一個小小的錯誤都逃不過輕舞仙的耳朵，她會高聲叫道：「嘿，大家都停下！剛才是誰唱**走調**了？是誰？原來是你，光明守護者！我不是提醒過你了嗎？請你上前一步，跟着我**再唱**一遍：

經過了許多**小時小時小時**的排練，輕舞仙宣布：「非常好！現在我們合格了！我們可以**合唱**水晶球之歌！」

蘭道夫提醒我們：「要記住，你們的心靈必須**純潔真誠**，如果有誰心存惡念，後果會不堪設想……我拜託各位：當你們歌唱時，緊閉雙眼，心裏只想着要抵達目的地，也就是可怕的火山：

地獄火焰山！」

蘭道夫臨走前說：「嘿，大家先別唱！我要先交一樣東西給光明守護者！

魔法眼鏡！

拿着吧，你會用到它的！你可要小心，有時眼睛所觀察到的，並非是事實……」

　　輕舞仙先唱起了一個音：「La！」，我們隨即一起齊聲高歌……

　　過了一會兒，奇跡之球底座上的四條龍睜開了眼睛……

　　只見強烈的藍光從龍眼的瞳孔中射出來，匯聚成一道奇特的光，將我們籠罩……

　　我閉上眼睛，聽到蘭道夫的聲音說：「祝你們一路平安安！記住你們的心靈要誠摯，否則厄運就會降臨！」

　　隨即，我感覺全身麻痹起來，從耳朵尖一直麻痹到尾巴尖……

　　一道光射過，轉眼間……噗！

　　奇跡之球把我們送到了很遠……很遠……很遠……很遠……很遠……很遠……很遠……很遠……很遠……很遠……很遠……很遠……很遠……很遠……很遠……很遠……

進入
地獄火焰山

以一千塊莫澤雷勒乳酪的名義發誓，我們究竟在哪兒？

我們摔得鼻青臉腫，搖搖晃晃地爬起來。

首先，我**檢查**身體上下各部分是否完好（比如尾巴、耳朵和鬍鬚！），然後確認**水晶寶石**仍完好地掛在我脖子上的小袋子裏。

很快，我定過神來，向四周張望，一邊揉着腦袋（幸好我穿了鎧甲！）

我以為自己會降落在**火焰山**的山頂，或至少在山腳下。可是，在我們面前出現的是一片寬闊的水域，水面上瀰漫着灰色**濃霧**，那濃霧蜿蜒緩慢地移動，宛如一條在蠕動的蟒蛇⋯⋯

我驚訝地嚷嚷：「以一千塊莫澤雷勒乳酪的名義發誓，我們到底在哪兒？

地獄火焰山在何處？」

絕望沼澤

這是一片遼闊的沼澤水域，水上瀰漫着一層灰霧。空氣中散發出腐爛的水草和淤泥的臭味。此地不宜久留，因為如果你長期滯留在這裏，內心就會充滿絕望！

很荒涼！

幽靈騎士鬱悶地嘟嚷着説：「要我説，我們被困在這片**沼澤**裏了！我早就知道我們的交通工具不可靠，哪怕是一頭老練的**巨龍**也比它強！甚至連獨角獸……或者自己走都行啊！」

　　我十分擔心：「難道是我們歌唱的方式錯誤？也許是我走音了？或者我的心靈還不夠純淨？」

　　輕舞仙**揪住**我的鬍鬚説：「光明守護者，你別擔心，（*剛才*）你可沒唱走調！事實上你們配合得十分完美，

以我**輕舞仙**的名義發誓！」

　　狼聰聰也安慰我，説：「你的心靈正直**純淨**，別擔心！如果你**心**術不正，芙勒迪娜皇后不會讓你成為

光明守護者！」

狐狸族出身的狐嬌嬌，如同她族裔的其他成員一樣**聰明**而**敏感**，她狐疑地猜測：「嗯……我在想也許，我們之中，有誰的心靈不夠純潔……唔唔唔……」

　　賴嘰嘰緊張地打斷她，**焦躁**地跳起來：

「**呱！呱！呱！**
呱！呱！呱！ **呱！呱！呱！**
別再瞎猜了，我知道我們身在何處！唔……如果我的記憶沒錯的話，我們應該在*口水沼澤*……哦不對……也許是*青灰潟湖*……啊，不對……唔？我也沒頭緒啦！」

絕望沼澤

　　一直不言不語的孤獨魔法師開口了，他低沉地說：「賴嘰嘰，此地是絕望沼澤，我從**腐爛水草**和惡臭的**淤泥**認出了它。如果我們在此地久留，絕望就會籠罩我們，令我們再也不想**邁出**一步了，我們必須儘快離開！」

我們走！　　　　　　　　　這地方真淒冷！

　　他背起行囊，吩咐大家：「跟我來！我能帶領大家離開這裏！我們必須**立刻**行動！」

　　我趕忙跟在孤獨魔法師後面，可沒走一步，我的心情忽然低落，越發**憂鬱**，我的腳步變得越發**沉重**，連我脖子上掛着的水晶寶石也變得越來越沉重。看來這裏的的確確是絕望沼澤！

　　一羣羣**禿鷲**在我們頭頂上盤旋。他們張開尖利的喙，用陰森殘忍的眼神注視着我們。他們在我們頭頂一圈圈地打轉，冷笑着……

加油，我們快離開這裏！

跟我來！

「不要妄想走出沼澤，
你們只配做我們的點心！
多少過客曾想離開此地，
最終卻變成一具骸骨！
我們的肚皮
已餓得咕咕直叫⋯⋯
能將你們一口吞下，
只把骨頭吐掉！」

　　孤獨魔法師提醒我們：「千萬不要停下腳步！

不要聽那些禿鷲的狂言，更不要**轉身回頭**！你們

只需要牢牢盯住我，步伐保持和我一致！

否則這片沼澤就會吞噬你們⋯⋯」

　　賴嘰嘰是我們當中唯一表現輕鬆自在的。他在

沼澤裏蹦來蹦去：「**呱！呱！呱！**

你們為什麼這樣愁眉苦臉？不就是濺上點一泥巴嘛！呱！呱！呱！呱！呱！呱！」

賴嘰嘰居然和我們不同，在這片**邪惡**沼澤裏毫不狼狽，這真讓我驚訝！不過，我很快想

呱呱呱！

好奇怪！

起來：畢竟他是一隻癩蛤蟆，沼澤就像他的家一樣啦……怪不得他表現歡快，一臉輕鬆，甚至還多次提出要幫我提裝有水晶寶石的小袋子……

貓瑩瑩歎息着説：「很抱歉，我本想變成貓頭鷹，帶大家飛出沼澤地，可卻無法變身。因為在這兒**魔法**會失效，不然我們早就可以離開此地啦！」

狼聰聰和**狐嬌嬌**

也附和説：「我們也無法變身呢……」

孤獨魔法師總結説：「我們誰也無法在此地使用魔法！如果妮布拉**發現**我們，我們就慘了！

我們在此地無法使用魔法！

總之，在這裏一切努力都是徒勞！」

我們只能繼續走啊……走啊……走啊……走啊……走啊……

……la la 羊……la la 羊……la la 羊……la la 羊……la la 羊……la la 羊 la la 羊……la la 羊
走啊……走啊……走啊……走啊……走啊……走啊……走啊

la la 羊……la la 羊……la la 羊……la la 羊……la la 羊……la la 羊……la la 羊……la la 羊
走啊……走啊……走啊……走啊……走啊……走啊……走啊

走啊……la la 羊……la la 羊……la la 羊……la la 羊……la la 羊……la la 羊……la la 羊……la la 羊
走啊……走啊……走啊——走啊……走啊……走啊……走

走啊……la la 羊……la la 羊……la la 羊……la la 羊……la la 羊……la la 羊……la la 羊……la la 羊
走啊……走啊……走啊……走啊……走啊……走啊……

走啊……la la 羊……la la 羊……la la 羊……la la 羊……la la 羊……la la 羊……la la 羊……la la 羊
走啊……走啊……走啊——走啊……走啊……走啊

直到我們抵達海岸邊。
海的那一端，就是
地獄火焰山……

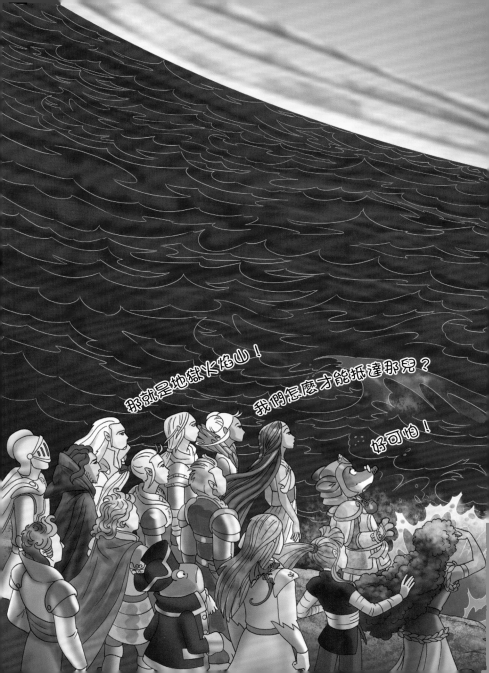

地獄火焰山

從這座臭名昭著的火山內，妮布拉不斷製造出黑暗魔影，並將其擴散至整個夢想國。

火焰深淵！

孤獨魔法師示意我們停下來，宣布：「你們看到海面遠處的那座小島上，聳立着一座布滿**岩漿**和**灰礫**的火山了嗎？那裏的**空氣**散發出瀝青般的焦味和沼澤般的臭味，讓人無法呼吸！那裏的環境如此荒涼，寸草不生，沒錯……那裏就是

地獄火焰山！」

我咽了一下口水，膝蓋一軟，嚇得跪在地上：「**咕吱吱！！！**那裏？救命啊！」

小龍阿力布**擰擰**我的耳朵，在我耳邊低語：

200

「光明守護者……注意你的舉止……至少你也要裝模作樣得**勇敢**些！」

勇敢一點吧！

幽靈騎士銀白指了指面前的**大海**。在我們和火焰山之間，海面上泛起黑色的滔天巨浪。

「我們該如何渡海前往小島？這裏沒有任何接駁的**船隻**……我可不想讓鎧甲浸泡海水，令關節生鏽……」

賴嘰嘰說：「這片水域裏住了傳說中的海怪**白練蛇**——長滿潔白鱗片的巨型海蛇。要是我們能**找到**他，請他載我們橫渡大海，我們就可以抵達地獄火焰山！」

隨後，他繪聲繪色地向我們描繪着傳說中的**海蛇**……

201

白練蛇

據說地獄火焰山腳下的島嶼周圍，有
一條神奇的海蛇——白練蛇生活着。他每天在島嶼
周圍日夜徘徊遊蕩，阻止一些莽撞的遊客接近這片區域。
事實上，沒有誰可以平安地橫渡這片黏稠可怕的水域。即使
僥倖成功，也會被地獄火焰山上滾滾流淌的灼熱岩漿吞噬！
　　白練蛇一直兢兢業業地執行這項夢想國創立之初就賦予他
的任務！他是芙勒迪娜忠誠的朋友，同樣屬於高貴的仙人族
後裔。他長着金色的大眼睛，渾身的鱗片和鬍鬚都呈金色
的……他最喜歡吃蜆蛤！

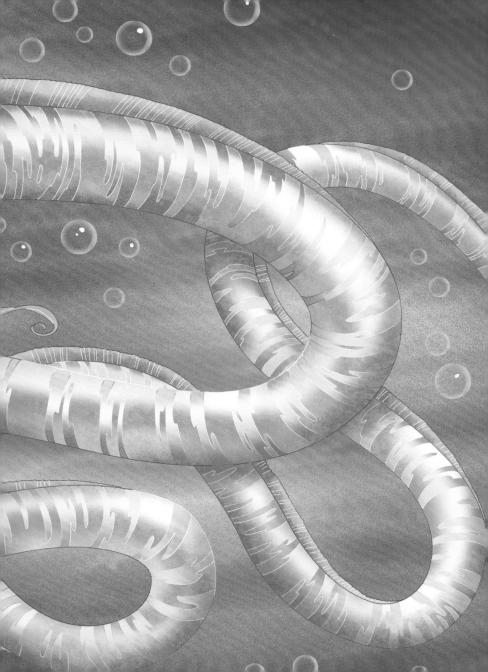

我憂心忡忡地說：「既然白練蛇是如此神秘莫測的**生物**，我們該如何找到他？我們又該如何勸說他**載**我們渡海？最重要的是，我們怎麼知道他究竟是否存在？」

賴嘰嘰雙臂交叉，**氣呼呼**地問：「你是在質疑我的說話嗎？」

我趕忙道歉：「我無意冒犯你，不過傳說中的事物並非事實……也許只是人們編造的故事，來嚇嚇那些好奇的旅客……

總之！哎呀！誰知道呢！」

這時，一直沉默不語的狐嬌嬌發言了：「我有一個**主意**！假如白練蛇喜歡吃**蜆蛤**……我們可以用蜆蛤做誘餌，將他引出海面，這樣我們就有機會和他說話了！」

狼聰聰、熊莉莉和貓瑩瑩齊聲高呼：

「這個主意太妙啦！」

我向四周張望半天，洩氣地說：「呃……可這裏哪有什麼蜆蛤……」

女孩們拍拍我肩膀：「那有什麼問題？我們可以做出一隻假的**大蜆**！來吧，伙伴們，加油！」

這個主意太妙啦！

我們加油吧！

我們花了一整天埋頭苦幹，總算造出一隻十分逼真、外型飽滿的**假大蜆**……看上去栩栩如生！

不過，幽靈騎士銀白卻怎麼看都不滿意：「唔……總覺得還少了些什麼！蜆殼裏還缺一塊淡橙色、肥美的**蜆肉**！我看光明守護者是扮演蜆蛤肉的絕佳人選！」

我抗議道：「**為什麼是我？**」

他解釋說：「因為你緊張得滿臉通紅、渾身顫動，不正像一塊蜆肉嗎？你該不會是**害怕**吧，哈哈？」

我可不好意思承認自己**害怕**，事實上，我的確十分**害怕**！

范‧德拉肯七兄弟中的一位扯下身上橙色的披風，把我包裹起來。我蠕動着鑽進**大蜆**的**兩片貝殼**中，靜候白練蛇的到來……

我一整晚都在貝殼裏蠕動，努力扮演顫抖的貝殼肉。直到黎明時分，我突然感到水面上泛起古怪的漣漪，我轉過頭，發現⋯⋯

求求你，別吃我！

　　黑色的海面上掀起巨浪，從海中探出一頭長着雪白鱗片的巨獸，他饑腸轆轆地注視着我！

　　我手忙腳亂地試圖從橙色 **披 風** 裏爬出來，可我嚇得如篩糠般亂顫，身體也不聽使喚，漸漸被 **纏在** 一堆布料中，就如蜘蛛網上被困的獵物！

　　　　　　　　我尖聲叫喚：「求求你，別吃我！

我是隻小小老鼠，我不是大蜆！」

白練蛇用謎一般的眼神注視着我，說：「也許是小老鼠，也許一隻**大蜆**？**也許是，也許不是！**你說你是隻**小老鼠**，可你聞起來像一隻**大蜆**。你的身體顏色**橙紅**，就像蜆肉。你渾身**顫抖**，像一隻**大蜆**……總而言之，你應該是隻**大蜆！**好了，別再撒謊啦！現在我要一口吃掉你！**大蜆**可是我**最愛的食物**，你知道嗎？」

　　他張開血盆大口，打算將我吞下肚。就在這千鈞一髮之際，我總算拔出寶劍，然後……

咔嚓！

　　我劃破了纏在身上的布料，跳出假蜆殼，高聲叫道：「你看，我的耳朵像**小老鼠**，我的尾巴像**小老鼠**，我的鬍鬚像**小老鼠**！因此……毫無疑問：我就是一隻**小老鼠**！」

　　白練蛇困惑地看着我：「這麼說你並不是蜆蛤，**真的不是！**奇怪！我從沒看到過任何小老

鼠穿着**鎧甲**，卻散發出蜆蛤的味道！」

我絕望地大喊：「求求你，別吃我！我是光明守護者！芙勒迪娜皇后派我來這裏完成重要的**任務**！」

我的朋友們也趕到我身邊，齊聲為我解釋：「他的確是光明守護者！我們都是**寶石伙伴團**成員！」

白練蛇仍然將信將疑：「嗯……很有意思！我倒是聽說偉人蘭道夫派出了一隊寶石伙伴團，由光明守護者負責隨身攜帶**珍貴**的寶石……小老鼠，你要是能把水晶寶石遞給我看看，我就**相信**你！」

我堅決地回答：「我就是光明守護者，水晶寶石就掛在我脖子上。它是**拯救**一切的希望……因此請原諒我不會把它拿出來，交給你或任何人！我曾經**立下**誓言：絕不會讓它處於危險之地。你可以相信我，也可以不相信我。你可以選擇**吃**我，或者**放了**我……不過，我要提醒你：你若吃了我，夢想國就會滅亡，而妮布拉將永遠統治這片土地！」

恭喜你，小老鼠，
你通過了考驗！

　　我鼓起勇氣面對巨大的海蛇。我肯定，白練蛇聽到這無禮的回答，會一口吞了我！

　　我已經想像到他的血盆大口會**叼住**我的尾巴。

　　然而，彷彿經過了無止盡的漫長等待，我突然聽到一陣奇怪的噴鼻聲……

呼呼呼呼呼……… **呼呼呼呼呼**……… **呼呼呼呼呼**……

　　隨後，傳來一陣十分十分十分接近怒吼的咆哮聲……

哈哈哈！哈哈哈！哈哈哈

　　可那並不是怒吼……

而是白練蛇張狂的笑聲！

他笑得上氣不接下氣，宣布說：

嘿嘿嘿！哈哈哈！呵呵呵！嘻嘻嘻！呼呼呼！

我已經很多年，應該說，很多個世紀，甚至說，很多個萬年，沒有這麼笑過了！你真是一隻滑稽的小老鼠，看你嚇得渾身亂顫的傻模樣……」

很快，他的神情凝重起來：「不過，我很敬佩你，小老鼠，因為即使你十分恐懼，你仍然通過了考驗。應該算，應該算，應該算吧！」

我瞪大了眼睛：「考驗？什麼考驗？」

他笑了起來：「我相信你的確是光明守護者！因為真正的光明守護者會拒絕出示水晶寶石，甚至不惜付出生命的代價！因此我不會吃你。應該不會，應該不會，應該不會吧！」

我鼓起勇氣，壯着膽問：「那麼……有沒有可

能……你順道載我們一程呢？我們必須前往地獄火焰山，因此……」

我還沒講完，白練蛇就嚷嚷：「你們上來吧，我們出發啦！」

他遊到岸邊，背上金色的鰭向我們斜過來，仿如樓梯一般。我們順着鰭爬上他的背上，一個接一個在他背上坐好，緊緊抓住他金色的背鰭。

他高聲提醒我們：「你們要抓緊了！向地獄火焰山全速前進！」

向地獄火焰山全速前進！

我們就這樣坐在白練蛇背上，風兒呼呼地颳過我的鬍鬚。孤獨魔法師拿起結他，**彈奏**起他為白練蛇譜寫的曲子。我們十分**喜悅**，因為我們的心中重新湧起了……

拯救
夢想國的希望……

七座危牆的秘密

　　白練蛇在浪濤中全速前進。他揚起巨大的尾鰭，在身後拍打出一長串泡沫，就像一艘大船一樣。

　　每當洶湧的巨浪向我們襲來，白練蛇就會潛入水底下。

　　我害怕被浪濤沖走，只能拼命緊緊地拉着白練蛇的背鰭。我的心緊張得怦怦直跳。更可怕的是，我的

暈浪症發作啦！

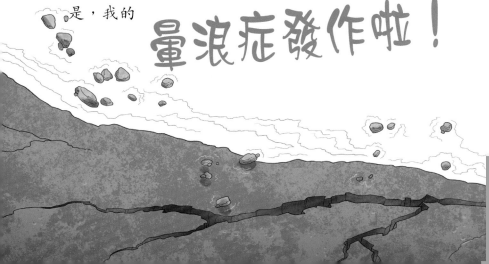

地獄火焰山所在的島嶼離我們**越來越近**……**越來越近**……**越來越近**……

島上的景象映入我眼簾，讓我**不寒而慄**。

島上的沙灘布滿了黑色的火山灰。而火山不斷向外噴出臭氣熏天的**黑煙**，熾熱的熔岩河流不住發出劈啪聲，從山頂奔騰而下，注入大海……

白練蛇終於**停靠**在地獄火焰山的**沙灘**上，我跳下蛇背，高呼道：「終於踏上了陸地！」

我全身水淋淋、**冷**得直打顫，我的衣服全濕透啦！

唔唔唔，好冷！

　　此時，我才發現自己的處景有多可怕，我腳下的土地一直在**顫動**，震得我幾乎難以站穩！

　　賴嘰嘰嘀咕着說：「**總之……這個嘛……**要是我癩蛤蟆的記憶沒出錯的話，我們已經抵達了地獄火焰山，現在只需要完成一件事，一件輕鬆的事，**無關緊要的事**，微不足道的事，易如反掌的事，十分無關緊要的事，不值一提的事，輕如鴻毛的事，毋需擔心的事……

總之……這個嘛……

總之，我們只需要穿過

七座危牆！」

我驚歎道：「七座危牆？那簡直是噩夢！不過為什麼叫做『危牆』呢？」

賴嘰嘰哼了一聲：「難道你什麼都讓我解釋個遍？它們叫做『危牆』，因為那是『危險的……牆』！」

我的臉變得刷白：「那它們『危險』在哪裏呢？」

洞悉夢想國各種秘密的孤獨魔法師開口了，他說：「這些牆非常危險！第一座危牆是由沼澤食肉魔的惡臭泥巴堆砌而成的……臭氣熏天的食肉魔鎮守在那裏，誰也不准從那兒經過……還有其他六座危牆……一座比一座可怕！要想通過它們，絕非易事！」

賴嘰嘰眯縫着眼睛望着我，問道：「你覺得怎麼樣，光明守護者，我們要打退堂鼓嗎？」

我一時間陷入沉默……

賴嘰嘰轉身向大家嚷嚷：「光明守護者決定我們不爬危牆，**打道回府**啦！很遺憾，我們就這麼放棄了！夢想國完了！」

我連聲抗議：「才沒有，你說什麼呢！**我並不是這意思！**我只不過在沉思……呃……前方十分艱險！」

賴嘰嘰嘟囔着說：「**唔，**這麼說你不打退堂鼓了？真可惜……那好，我們繼續前進！」

賴嘰嘰的態度讓我十分驚訝。過去他總是在一旁鼓勵我，可如今的他讓我感覺如此陌生。不過我沒時間**疑慮**，因為孤獨魔法師已經率先踏上了前往第一座危牆的小徑。他嘴裏高喊道：「伙伴們，加油，我們向前進！」

我跟隨他的腳步，踏上小徑。風兒吹來一陣惡臭：嘩呀，原來是小徑盡頭**第一座危牆**散發的臭味……

　　狐嬌嬌提議：「我有個主意！我們可以用我們的**披風**蒙住臉，抵擋食肉魔的唾液攻擊！」

　　馮‧德拉肯七兄弟中的一位回答：「沒錯，雖然這樣也不能完全擋住食肉魔的**臭氣**，不過我們可以一試！」

　　事實上，狐嬌嬌說得沒錯！儘管**食肉魔**十分可怕，我們也必須繼續前進……

我們用披風來抵擋攻擊！

試試看吧！

孤獨魔法師激勵我們，說：「來吧，跟我走！大家別怕，它們就是臭味太難聞！我們大家全都躲到斗篷下面！我們把那棵大**樹幹**抬起來，用它作為攻城槌！」

我抗議道：「你忘了，食肉魔還會打**噴嚏**！」

他聳聳肩膀：「哼，那又怎樣？別**大驚小怪……**」

可我被眼前的景象驚呆了，在我面前出現一座食肉魔**用沼澤泥築成的高牆**。那幽綠色的牆上面周圍飛滿了碩大的蒼蠅！更不用說一個個食肉魔站在上面，對我們高聲打着噴嚏！

孤獨魔法師一聲令下，我們大家拼命地用樹幹**撞擊**城牆。我們的命真苦啊！那座食肉魔沼澤泥牆實在太臭了！

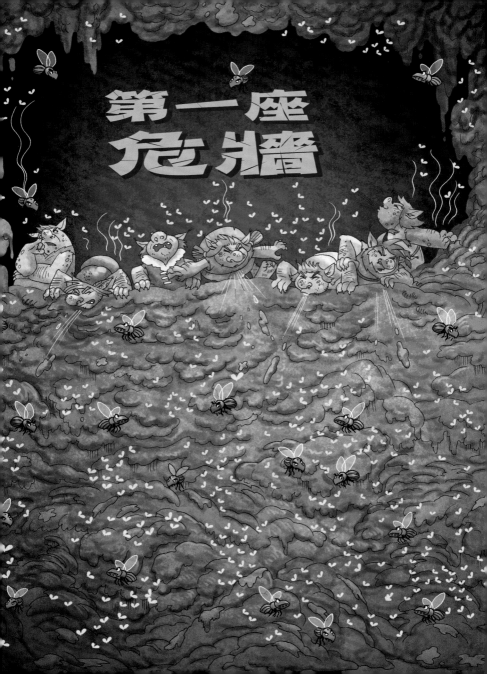

我們用樹幹撞擊牆身，連續三次，終於撞開了一個缺口！**食肉魔**見高牆被我們衝破，失望地高聲吼道：「**就算你們通過了這道牆，也休想通過下一道！等到你們到了那裏，就會通通化成食肉植物的開胃菜！哈哈，數不清的食肉植物在等你們呢！**」

我們一溜煙地跑走了，不過我們遠遠地瞥見了**第二座危牆**：那道牆十分高大……上面布滿了牙齒鋒利的食肉植物！**咕吱吱！**我們該怎麼越過這道牆？

就在此時，喜歡吃東西的熊莉莉，想起自己的口袋裏裝了很多糖果。她叫起來：「我有個主意！我們可以把這些糖果丟給食肉植物。當它們忙着吃糖果時，我們就快速穿過去！」

幽靈騎士評論道：「**呃**……熊莉莉，你肯定這樣做能管用？」

她有些躊躇地說：「呃……我不知道！不過我們很快就知道了！」

第二座
危牆

幸運的是，塗滿**蜂蜜**的糖果很對食肉植物的胃口。這些交錯纏繞的肉食植物長滿了**利刺荊棘**，我們趁它們正一個個享受美味時，趕忙向上爬去！一直等我們爬上牆頂，食肉植物才意識到危機想阻攔我們，可是已經太遲了！

它們惱怒地齊聲歌唱：「這座高牆攔不住你，因為我們忙着大吃！不過你們休要得意，蜘蛛網會將你們永遠困在這裏！」

它們說得沒錯，嗚呀！我們面前出現了**第三座危牆**：整個牆就是一張碩大的蜘蛛網，上面爬滿了毛茸茸的巨型黑蜘蛛！

狼聰聰觀察後說：「**蜘蛛網**上有黏液，黏性很強，我們別無選擇，必須從網下穿過去！」

賴嘰嘰說：「那就由光明守護者引開**蜘蛛**吧，否則蜘蛛們會向我們猛攻！」

我抗議道：「咕吱吱，為什麼是我？」

賴嘰嘰哈哈大笑，說：「因為你是我們的大英雄！你的職責就是守護大家！」

第三座
危牆

賴嘰嘰又補充説：「光明守護者，你知道嗎？蜘蛛們肯定會覺得你很可口，因為你長着肥美的**小肚腩**啊。」

他的話真讓我生氣……**我的老友賴嘰嘰到底發生了什麼事？怎麼會這樣嘲諷我？**

不過，他説得也有道理，我的確是一位守護者！

於是，我壯着膽子爬到危牆前，試圖吸引蜘蛛們來追捕（*牠們果然覺得我十分***美味！**）等大家偷偷從網下經過，我立刻緊隨其後！蜘蛛們惱火地在我身後嚷嚷：

「雖然你們逃脱此地，但你們命不久矣！女巫們正在前方等候，她們會抽掉你們骨頭！無論你們使出何伎倆，都休想通過那道高牆！」

吱吱吱！我們面前又出現了**第四座危牆**，也是我們所見過的最可怕的牆：整個牆全部由骨頭砌成，而牆上的守衛……全是女巫！

第四座
危牆

狼聰聰高聲說：「我有一個主意！現在我知道如何對付**女巫**了！女孩們，把鏡子給我！」

四個女孩把她們隨身攜帶的精緻**小鏡子**拿出來，舉起手揮舞著：「我要送給你們當中最醜、最恐怖、最噁心的人一份禮物！誰想要？」

女巫們很快開始爭論個不休，一個接一個地比試起**魔法**。而我們則悄無聲息……從牆下的小門穿了過去！

當女巫們發現我們時，我們已經走遠啦！

她們氣急敗壞地怒吼：「**別看你們溜得快，你們遲早要完蛋！三十三個黑仙女，會對你們虎視眈眈！當她們奏起小提琴，會嚇得你們抖不停！**」

嘩呀……現在我們面出現了

第五座危牆：整座高牆由黑曜岩堆砌而成，牆頂部十分尖銳。三十三個**黑仙女**正在牆上拉奏小提琴！

238

第五座危牆

　　孤獨魔法師冷靜地說：「我知道該怎樣做，跟我來！」

　　他帶我們來到一棵空心樹前，那棵樹似乎曾被閃電擊中過，長得歪歪扭扭。「這棵樹有一條秘密通道，只有夢想國忠誠的孤獨衛士們才知道。而我就是他們的一員。」

　　他趴在樹洞前，哼出三個魔法音符，樹幹裏突然張開一條通道！我們一個接一個鑽進秘密通道，不一會兒我們就來到了牆的另一邊！黑仙女們發現我們越過高牆，惱怒地折斷了琴弓，尖聲嚷嚷：

　　「別以為你們成功逃出！你們的前景可不妙！長着利喙的烏鴉就在前方等待！牠們的殘暴讓你們生不如死！」

　　嘩呀，現在我們前方聳立着異常險峻的第六座危牆。整座牆由交錯的樹藤纏繞而成，上面密密麻麻停着一大羣長着利喙的烏鴉！

　　輕舞仙並不氣餒，鼓勵我們說：「我知道該如何對付牠們！只需要一首秘密搖籃曲！

第六座
危牆

「不過，我需要你們的協助，你們需要和我一起唱，否則烏鴉們聽不見！」

於是，我們開始**齊聲**歌唱，越來越響！我們的聲音交匯在一起，匯成美妙的音符，音符向上飛升⋯⋯ 飛升⋯⋯ 飛升⋯⋯ 傳到了烏鴉的耳朵裏，牠們一個個沉入夢鄉，**呼嚕聲打得震天響！**

等到牠們醒過來，才發現一切已經太遲了。我們早已通過長長的繩索攀過了高牆⋯⋯

烏鴉們齊聲呱呱叫喚：「**你們休要得意，厄運就要降臨！巨人會將你們，通通碾成肉泥！**」

咕吱吱！太可怕！太恐怖！太震撼了！」

第七座危牆，也是最後一道高牆，的的確確是最危險的：因為高牆本身，就是一個個巨大如山的**巨人！**

輕舞仙建議：「他們的體形雖然**巨大**，頭腦卻很簡單！大家準備好，繼續向前走！我會飛到其中一個巨人的頭上。」

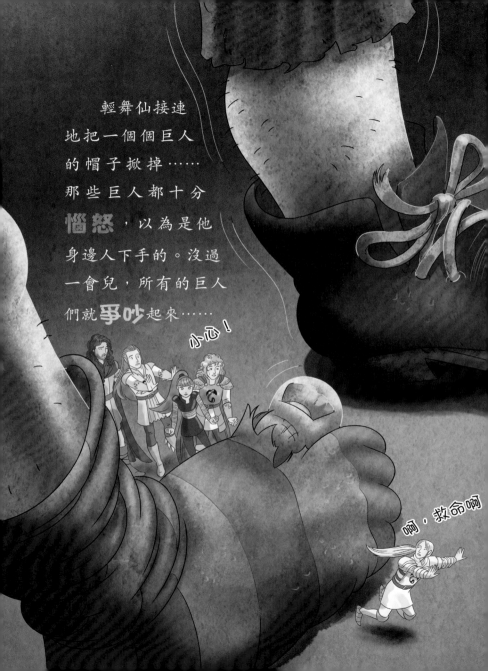

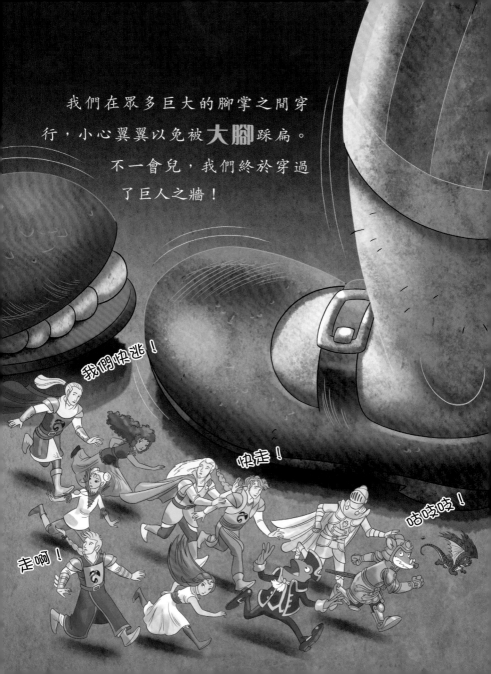

前往火焰山

　　我們好不容易穿過了七座危牆，孤獨魔法師驕傲地歡呼：「現在沒有什麼能阻擋我們前往火焰山啦！」

　　大家歡呼起來：「萬歲！我們成功啦！」

萬歲！

太好了！

我們成功了！

可是，我絲毫
不覺得開心，反而……
十分恐懼！ 眼前的
火焰山高聳入雲、陡峭險峻：
厚厚的黑雲和無數熾熱的熔岩
從火山頂噴發而出，形成毀滅一
切的熔岩河……

哆哆哆，
多麼可怕的地方！

我脖子上戴的水晶寶石，變得越發沉重……

我擔憂地哼哼說：「朋友們，現在歡呼還太早了，前方還有**巨大的危險**在等着我們！」

賴嘰嘰將手爪放在我肩上，低聲對我說：「別擔心，光明守護者！有我**幫忙**，你並不孤單！你的好朋友賴嘰嘰最**了解**你……你一定被水晶寶石壓得很辛苦！需要我**幫**你分擔嗎？這樣你可以休息一會兒……我是你的朋友嘛……」

把寶石給我！

不，謝謝！

我**禮貌**地答道：「不，謝謝，賴嘰嘰！可我答應過芙勒迪娜，不會將**水晶寶石**交給任何人！只有我，必須只能是我，來守護它！儘管我感到很疲累，可我必須遵守自己的**諾言**。」

賴嘰嘰生氣地聳聳肩：「隨便你⋯⋯」

我們繼續向上攀登。每走一步，我脖子上的水晶寶石就變得**沉重**一些⋯⋯就在此時，一隻小龍信使向我飛來，高聲宣布：「給光明守護者的**緊急口信**！蠑螈智者派我來的！」

我閱讀信上的內容⋯⋯

光明守護者，小心！你伙伴團中有一位成員背叛了你！

千萬記住：
1. 只信任值得你信任的伙伴
2. 不要看一個人說什麼，而是要看他做什麼。
3. 記住：眼睛是心靈的窗口。通過眼睛，你可以讀懂眼前人！

你的導師
蠑螈智者

　　我驚訝得說不出話來！

　　我的伙伴中，怎麼會有**叛徒**？

　　大家紛紛表態：「我永遠不會背叛你，光明守護者！」

　　我一個接一個地**凝視**他們的雙眼⋯⋯大家看上去都很真誠。

光明守護者，相信我！

我不會背叛你！

我也不會！

不過，既然蠑螈智者特意**緊急口信**提醒我，一定事出有因……

我陷入了沉思……

傍晚時分，我們停下腳步，紮營休息。我倒頭就睡，腦裏充滿了**悲傷和灰暗的思緒**……

叛變啦！

午夜時分，賴嘰嘰突然叫醒我：「叛變啦啦啦！快醒醒、快醒醒、快醒醒！我們必須立刻離開這裏，**迅速離開**！伙伴團其他成員打算背叛你，他們所有人！」

叛變啦啦啦啦！

啊？怎麼了？

「我聽到了他們的陰謀！他們正在計劃如何奪走你的

水晶寶石！」

我睡眼惺忪地嘀咕說：「啊？什麼？怎麼一回事？什麼時候？為什麼？」

賴嘰嘰**不滿**地說：「因為你太善良了，太自信了，太傻瓜了！**幸好**我在你身旁一直守護著你。我用我癩蛤蟆的靈敏耳朵聽見了他們的計謀，他們正在召開**秘密會議**，商討如何奪走你的水晶寶石！」

我大驚失色地叫起來：

「你肯定？你肯定？你肯定？你肯定？你肯定？你肯定？你肯定？

他呱呱叫：「你難道不相信我？這可真讓我生氣！跟我來，你自己親眼**看看**……」

賴嘰嘰領我來到一片峭壁後，我看見前方不遠處伙伴團的其他成員正圍坐在篝火旁。

風兒將他們低聲討論，斷斷續續的話語送到我耳邊：「噓噓噓⋯⋯重⋯⋯寶石⋯⋯很累⋯⋯噓⋯⋯光明守護者⋯⋯我們要拿到它⋯⋯秘密⋯⋯儘快⋯⋯妮布拉⋯⋯」

我無法從隻言片語裏聽清他們的全部對話，於是打算親自問問**朋友們**，為何要背着我召開這次秘密會議，可賴嘰嘰攔住了我。

「你聽清楚了嗎，光明守護者？他們正打算**背叛**你！他們要取走水晶寶石⋯⋯千萬別讓他們看見你⋯⋯我們必須離開這裏，**馬上**離開！」

我驚訝地嘀咕：「離開這裏？但是⋯⋯」

賴嘰嘰堅持說：「快快和我來，**快**呀！你還記得蠑螈使者的信嗎？他曾警告過你團隊裏出現了叛徒⋯⋯」

「他說的是『**某個**』，而不是全部嘛！我簡直無法想像，剩下我一個的話該如何是好⋯⋯」

賴嘰嘰安慰我：「我和你一起走，你並不孤

獨！**快走**，我們要趕在被他們發現前離開此地。」

就這樣，我心裏充滿**苦澀**，離開了寶石伙伴團⋯⋯我悲傷又沮喪地繼續向**火焰山**山頂攀登。

快走！我們快走！

讓我來幫你拿寶石吧！

　　我們爬啊，爬啊，爬啊，爬啊……

　　我變得越來越沮喪，越來越疲倦，越來越悲傷和想家……

　　可賴嘰嘰卻一路開心地**跳來跳去**，嘴裏還哼着歌。**真奇怪**！我真不明白他為何如此**喜悅**和**開心**，而我看到周圍荒涼的景色，心中一片悽楚……**真奇怪**！

　　我們周圍的空氣變得越發**灼熱**，彷彿沙漠中盛夏的正午一般蒸騰……

　　我的鬍鬚上布滿了**汗珠**，感覺身上的沉重鎧甲如同**點着的火爐**一般既沉重又炙熱，讓我喘不過氣。我再也受不了了！

賴嘰嘰一路上不停地問我：「**你累了嗎，光明守護者？**

啊啊啊啊啊啊啊，我真的很遺憾！

要不要我來幫你拿寶石？我很樂意助你一臂之力，知道嗎？我可是你的**好朋友**！」

「謝謝你，賴嘰嘰，可守護寶石是我的使命，我曾向**芙勒迪娜**皇后許過誓言。」

我們終於爬到了火山頂……我欣慰地呼了一口氣，我總算能夠完成**任務**了。

我們在地上坐了一會兒，喘喘氣。

我凝視着**火山口**蒸騰溢出的熾熱岩漿……

我轉頭對賴嘰嘰說：「親愛的朋友，我們馬上就要大功告成，一會兒我就把寶石**投進**邪惡力量的巢穴——火山口，這樣妮布拉就會永遠消失啦！」

現在我的心情十分喜悅，賴嘰嘰的表情卻**有些不自然**看上去很緊張！

他向我提議：「呃，在投寶石前，我們要不要**吃**點東西？或者**喝**點沼澤野草汁？」

我回答：「**謝謝**。我想投完寶石後再休息。」

癩蛤蟆瞇縫着眼睛說：「哦哦哦，當然了：**先工作，再娛樂嘛……**」

我直起身，走到懸崖邊上。**賴嘰嘰**也直起身，天知道怎麼一回事……我居然絆了一跤，身體徑直向懸崖外倒下去！

　　我拼盡全力，**抓住**懸崖邊一塊凸出的岩石。賴嘰嘰奔過來，緊緊抓住我的手爪。

　　我高呼：「謝謝你，賴嘰嘰！快拉我上去！」

　　他向我大聲呼喊：「把寶石給我，光明守護者！」

　　我回答：「不，快拉我上去！我沒法把它交給其他人。只有我才能將它投進火山！」

　　可他固執地重複着：「不，把寶石給我。萬一你撐不住了，我來替你投下它！」

　　我再次請求：「求求你，我的朋友，把我拉上去吧！必須由我親自來投寶石才有效！**其他人都不行！**」

　　可他狂怒地高喊：「快把寶石交給我，給我！」

　　就在這時，我的目光**徑直**和他的目光對視了……直到這時我才明白了一切。

當我直視他時，
才發現他的目光裏充滿了邪惡……
那絕不是來自朋友的目光！

永別了！傻瓜老鼠！

我吊在懸崖邊，奮力緊緊抓着石頭，癩蛤蟆沒有把我拉起，只是重申說：「把水晶寶石給我！」

我大聲呼喊道：「不，絕不！我絕不會把寶石交給你！現在我才明白……你就是那個**叛徒**！」

他狂怒地大聲嚷嚷：「如果你不把寶石給我，我就讓你跌下**深淵**！」

我向下張望，才發現自己懸在**半空**中……想到自己即將摔成粉身碎骨，我頓時頭暈目眩！

哆哆哆……太可怕了！

可我曾向芙勒迪娜許下誓言，於是我下定決心：「我寧可摔下死，也不會食言！」

癩蛤蟆獰笑着：「那就如你所願……永別了，**傻瓜老鼠**！」

我盯住他，突然發現賴嘰嘰的 永別了！
全身輪廓在幾秒鐘內逐漸消失……
癩蛤蟆變成了一團**黑雲**……

原來他並不是我的老
友賴嘰嘰，而是……

妮布拉！

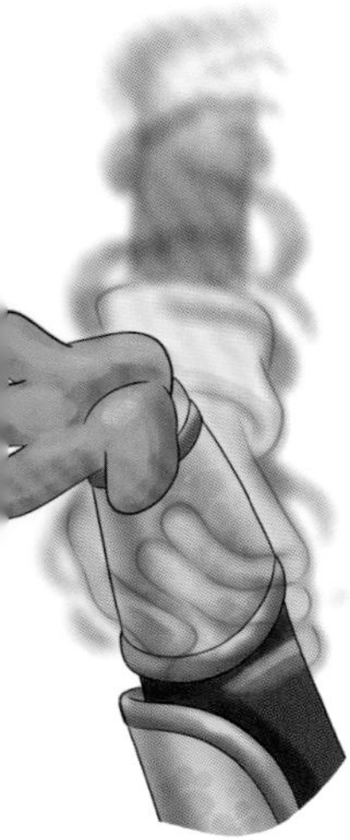

我大叫：「你才是叛徒，
真正的**叛徒**，原來你並不是賴嘰嘰，你
是妮布拉！」

突然一直拉住我
的手消失了，我向下

跌

落

跌

落

！

我不斷下墜，絕望地大喊：「**救命命命！救命命命！**」

「**救命命命！救命命命！**」

可我的叫喊聲消失在風中，仍舊不斷下墜、下墜、下墜……

我以為自己馬上就要摔成鼠肉餅……幸運的是，蠑螈智者送給我的**魔法鎧甲**延緩了下墜的速度！

突然，我感到一雙雙手緊緊托住我，一個個**關切**的聲音在我身邊響起，一雙雙眼睛注視着我，一個個臉龐向我微笑……是**我的伙伴們**！

他們才是我真正的朋友，永遠不會背叛我的朋友！

他們嘴裏高聲安慰我：「別害怕，光明守護者，我們來**保護你**！」

我平安無事地降落在地上，哪怕一根毛都沒有受傷。我緊緊擁抱他們：「謝謝你們救了我，朋友們！如果沒有你們，我該如何是好！」

光，光，光！

　　我為自己沒有信任伙伴們向他們道歉。「對不起，朋友們，當時我聽到你們的對話：說你們想要帶走水晶寶石……」

　　伙伴們十分驚訝，隨後**爆發**出一陣大笑……

　　「哦，不會吧，光明守護者，我們當時正在討論該如何**幫助你**，因為我們必須立刻行動，黑暗魔影的力量日趨強大，因此我們商量着該如何助你一臂之力……如果你當時問問我們，我們會向你解釋一切！」

　　我懊惱地大叫：「這正是我的**過失**！首先，我沒有分辨出誰是**真朋友**，誰是**假朋友**……最重要的一點是，我沒有和你們溝通，沒有給你們解釋澄清的機會！」

　　我詢問大家：有沒有人知道真正的賴嘰嘰身在何處……我可憐的朋友，我一定要想法救他回來！天知道他如今被妮勒迪娜的邪惡同盟……妮布拉 🔲🔲 在何處……

　　我眉頭緊鎖地思索着，一邊隨朋友們再次爬上火山山頂……現在刻不容緩，我必須立刻將 **寶石** 投進火山口！

　　寶石伙伴團的朋友們圍在我身邊來保護我，他們高聲催促：「快啊，光明守護者，***快把水晶寶石投下去！***」

　　我向火山口一步步走去，握着水晶寶石的手爪激動地顫抖個不停，隨後我向 **火山口** 伸出手爪……將寶石投了下去！可就在此時，我下方的一團灰色 **雲霧** 猛然開始幻化變身，形成某個我熟悉的身影……

是
妮布拉！

　　她伸出手試圖接住寶石，嘴裏發出勝利的吼聲：「我就知道，最終獲勝的還是我，你這**傻瓜老鼠**！」

　　眼看她就要得手了，說時遲，那時快……

你休想得逞！

輕舞仙疾速向妮布拉衝去，刺了妮布拉的手一下，妮布拉尖叫起來：「嘩呀！」

　　就在妮布拉猶豫的一刻，水晶寶石從她手邊掉下，繼續向下跌落、跌落、跌落、跌落……

　　如今妮布拉已經錯失良機，再也無法抓住它了！我們眼看着寶石跌入谷底，被滾滾岩漿吞沒。

　　妮布拉爆發出一陣哀嚎：「**不要啊啊啊啊啊啊！**」

　　我們齊聲高呼：「成功了，太好啦啦啦啦啦！」

　　就在此時，火山爆發出一陣

藍色強光！

　　我們趕忙閉上眼睛遮住臉，以躲避強烈的光照。隨後我們腳下的土地開始**顫抖**、**顫抖**、**顫抖**⋯⋯⋯⋯一陣迷人的香氣圍繞在我們周圍，當我們張開眼睛，

發現

奇妙的事情

發生了！

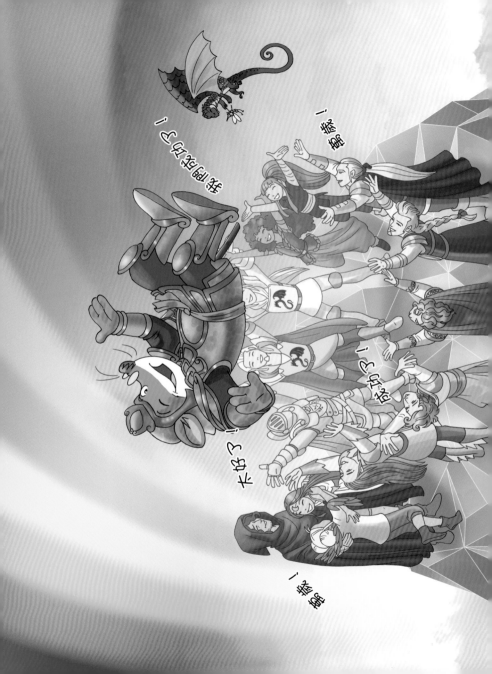

水晶山

我們成功了！我們擊敗了妮布拉！

水晶寶石蘊含了龐大的魔法力量，在它的力量影響下，地獄火焰山居然變成了純潔透明的水晶山，散發出幽幽的和平香氣！

山頂上出現了一道絢麗的彩虹！

就如往常一樣。每次大難過去，彩虹都會出現在夢想國上空！

孤獨魔法師莊嚴地宣布：「從今天起，這座山將重新被命名為和平峯。」

多虧了我們的友誼，一路上互相扶持，我們終於將和平帶回了夢想國！

我們高興地互相擁抱！

「萬歲！」　　「芙勒迪娜皇后萬歲！」

「寶石伙伴團
萬歲！」　　　「最重要的是，
和平萬歲！」

我逐一向朋友們致謝：

「**感謝大家**，要是沒有你們，我實在闖不過這些難關，一路走到這裏！」

不過，我依然憂心忡忡……事實上，我的任務還未結束。

狼聰聰察覺到了我的情緒低落，問道：「光明守護者，你為什麼悶悶不樂？**我們已經贏了！**」

我傷感地笑了笑：「是的，黑暗魔影再也無法威脅夢想國。妮布拉也**逃之夭夭**了，可……

「可我並沒有完成這次出征最棘手、最困難的

任務……我必須找回小公主阿麗娜，可我根本**無從入手**……連蘭道夫也不能夠在水晶球裏看到她的身影！」

馮・德拉肯七兄弟安慰我：「光明守護者，讓我們來幫你：我們這就**出發**，去找小公主！」

我們約好了在水晶宮見面集合，**孤獨魔法師**和**輕舞仙**隨我同去。

狼聰聰說：「我們幾個女孩子，也去找小公主！」

小龍阿力布在我頭頂盤旋，嘴裏嚷嚷：「光明守護者，讓我們**迷你小龍族**來幫你！我吹吹口哨，就能召喚一輩兄弟，一起幫你找

阿麗娜小公主！」

貓瑩瑩對我說：「至於你，光明守護者，我會化身成為貓頭鷹展開**翅膀**，載着你飛回水晶宮。這樣你就可以向芙勒迪娜匯報這段期間發生的一切。」

朋友們的說話**温暖**了我的心。我說：「謝謝你們，朋友們！我們永遠不要丟失尋找阿麗娜的**希望**！大家務必時刻牢記於心！」

水晶宮……它的光輝勝過一切城堡！

當我抵達水晶宮時，看見皇后和她的丈夫——佛樂多國王站在臥室的陽台上，**憂傷**而凝重地望着遠方的光明峯。

我跪在皇后面前：「皇后殿下，**我失敗了**。我未能找到小公主！我讓你**失望**了！」

她輕輕歎了口氣：「哎，光明守護者，如果連你都找不到，那天下再沒有誰能找到她啦！

也許我只能聽天由命，
看來我永遠見不到
親愛的小寶貝了！」

我趕忙安慰她，說：「啊，不，皇后陛下，我並沒有說搜查結束了！你別擔心，**我一定會找到她**！以我光明守護者的名義發誓：我會盡全力

追查她的下落，甚至不惜付出**生命**。」

　　皇后詢問我：「貓瑩瑩對我說，你們還有個**好消息**要告訴我……」

　　我點點頭：「好消息就是：我成功將水晶寶石丟進了地獄火焰山口，最終

我們擊敗了妮布拉！」

光明守護者！

皇后陛下！

芙勒迪娜的嘴角微微上揚，說：「啊，對於我的王國，和我的子民們，這真是讓人振奮的好消息！」

　　就在此時，蟋蟀智者趕了過來，他祝賀我完成了**任務**，並建議道：「現在是時候讓水晶宮回到仙女國了！」

　　他對我低聲補充道：「我們希望這個好消息能讓芙勒迪娜皇后重拾久違的甜蜜笑容。」

　　芙勒迪娜施展魔法高呼：

輕身術！

　　隨後，她放聲高歌，唱出甜美的歌謠……

水晶宮，你是如此美好，
快踏上歸途，重新深深紮根！
重新返回王國的中心，
彷彿你從未出遠門旅行！
快快歸來，如風般急速，
讓我們見證奇跡的發生！
我渴望見到你
還有親愛的寶貝！
母親的懷抱⋯⋯
永遠為你們敞開！

就在此時，**水晶宮**開始移動起來，向上飛升，隨後向左傾斜！

我在地上搖來晃去，高喊道：

「咕吱吱！」

突然我的眼鏡掉在地上：

叮鈴噹啷！

嗚嗚嗚，眼鏡碎成了

無數的碎片！現在我可怎麼辦呢？

沒有了眼鏡，我甚至連自己的鼻尖都看不清楚！

就在此刻，我回想起來：蘭道夫曾經贈給我一副

魔法眼鏡，

據說戴上了它會讓視野更加廣闊！」

我將手伸進鎧甲，將眼鏡**掏**了出來……

我迫不及待地向四周望去，發出滿足的讚歎：

嘩嘩啊！　　它很合用啊！

我的視力好極了……這副眼鏡真是太神奇了！

水晶宮開始繼續飛行，**越飛越快**，我試着站穩腳跟，緊緊地抓住一扇門框。可是，我的力氣不足，堅持不了多久……我手爪一鬆就滑進了**走廊**。

　　我在走廊裏一路滑行，不知不覺就來到了阿麗娜的**房間**，

自從那小可愛被拐走，

我們調查過房間一遍之後，

再也沒有誰

進過那房間了……

西風的聲音

當我滑到小公主阿麗娜的房間前，一陣大風颳開了房門……

那是西風！

砰砰砰！！！砰砰砰砰

　　我懷念地向房間內四處張望，看到阿麗娜的**小搖籃**空空蕩蕩，讓我十分難過……

　　令我詫異的是，西風繼續吹個不停，吹起了搖籃四周的**帷幔**，絲綢帷幔宛如蝴蝶翅膀一般展開，吸引了我的注意……

　　我向搖籃內一瞥……簡直無法相信自己的雙眼：在搖籃裏，居然有一個小嬰兒睡着！

　　我驚訝得**目瞪口呆**！

　　我摘下魔法眼鏡，再次向搖籃內望去：裏面空空蕩蕩！可當我將眼鏡掛在鼻子上……

我看見阿麗娜正躺在搖籃裏！

　　我明白了一切：多虧了魔法眼鏡，我才能看見她……原來小寶寶一直躺在那裏，只是我們**看不**

我簡直不敢相信自己的眼睛

見，因為某種邪惡的魔法讓她變得透明！

原來阿麗娜並沒有被帶走，事實上她一直在房間內，在愛她的親人身邊。

我擦擦眼鏡片，激動地注視着搖籃裏沉睡的小寶貝，一顆心激動得怦怦直跳……

在柔軟的絲綢枕頭上，睡着一個我所見過的最美麗的小女嬰。

和所有的仙女們一樣，她的頭髮像春日的天空一樣蔚藍。她的膚色如月亮的光輝般潔白。

她長長的睫毛垂下來，遮住了眼簾。

她的小嘴露出一絲微笑，似乎正沉浸在睡夢中……

我低聲呼喚着她：「阿麗娜！」

我繼續呼喚她：

「小——公——主！

你聽到我的呼喚了嗎？我是光明守護者……」

可是，小女嬰仍然一直閉着眼……

我將她摟在懷裏，甜蜜地呼喚她：「*我可愛的小公主！*」

　　而她一直沉睡……沉睡……沉睡……

真正的愛的魔法

我緊緊抱着阿麗娜，奔到房間外高聲召喚：
「芙勒迪娜皇后！快過來……

皇后陛下……陛下……陛下……陛下……

我的呼喊聲穿過水晶宮空蕩蕩的走廊，穿透了
水晶宮的層層牆壁。

我的小寶貝？

我找到小公主啦！

「快來啊，我找到小阿麗娜了，

小公主……公主……公主……公主……」

很快，芙勒迪娜和國王就趕到了，身後跟着一羣仙女宮廷侍女和**顧問**。

就連輕舞仙、馮·德拉肯七兄弟、狼聰聰和**她的姐妹們**、以及迷你小龍族也都來了。他們剛剛趕到水晶宮！

芙勒迪娜張開雙臂奔向我：「**你找到我的小寶貝了？**她在哪兒？我什麼也沒看見啊！」

我舉着小寶貝：「就在這兒，在我的懷裏！」

她搖搖頭：「我再重複一遍，光明守護者，我什麼也沒看見！」

我這才想起了**魔法眼鏡**，我將它摘下來，遞給芙勒迪娜。

她激動地戴上眼鏡，整張臉發出**喜悅**的光芒：「**是她**，的確是她，我的小阿麗娜！」

她將小寶寶緊緊擁入懷中，輕輕**搖晃**她，可寶寶仍沒有醒：依然繼續昏睡。

芙勒迪娜擔憂地轉身對我說：「**為什麼她一直雙目緊閉？為什麼她不會醒？**」

我解釋說：「我恐怕小公主中了某種**邪惡魔法**：所以，誰也看不見她，她成了隱形人。只有戴上蘭道夫送給我的魔法眼鏡，我才能發現她！」

芙勒迪娜總算**明白**了……她的丈夫佛樂多**抱住**她，擔憂地說：「難怪誰也無法喚醒她，因為這**邪惡魔法讓寶寶一直長眠！**」

我歎了口氣：「嗚嗚嗚，這一定是**催眠的邪惡魔法！**」

在仙女們中，一位年長的教母**仙女**建議芙勒迪娜：「陛下，我知道該如何喚醒小寶貝。不過這需要**強大**的魔法，才能與那邪惡的魔法抗衡。需要……

真正的愛的魔法！」

我的小寶貝！

一個吻的魔力

芙勒迪娜溫柔地將小寶貝放進**搖籃**，在她頭上連着揮舞三次魔法杖，嘴裏唸唸有詞：

**「愛的魔法，
來自心中，
那惡魔法快走，
消失無蹤！」**

可寶寶仍然昏睡、仍是隱形的，芙勒迪娜又試了一次：

**「愛的魔法，
來自心中，
那惡魔法快走，
消失無蹤！」**

嗚嗚嗚，可是一切依舊沒有改變。大家的臉上都出現了失望的表情……

芙勒迪娜堅定地說：「這邪惡魔法太強大、**太邪惡**了！甚至連我——仙女國皇后，都無法憑一己之力驅除它。不過，我知道還有一個**辦法**，如果你們願意助我一臂之力，我們聯合在一起，也許可以成功。」

我們大家拉住手，肩並肩站在一起，齊聲高歌：

「愛的魔法，來自心中，邪惡魔法快走，消失無蹤！」

邪惡魔法消散了！

一個吻 ♥ 的魔力

就在此刻，恰恰在此刻，終於在此刻，一道**藍光**掠過，小寶貝終於出現了！

我們大家圍繞在搖籃周圍，驚歎道：

「啊啊啊啊啊，這就是小阿麗娜！好美啊！」

可是，嗚嗚嗚，小寶貝仍然在呼呼大睡……

難道她身上還附着其他**邪惡魔法**嗎？

芙勒迪娜喃喃地說：「現在，只需要一個**媽媽的吻**……」

她向搖籃走去，俯下身子，溫柔地抱起寶寶，在她額頭上印下**甜蜜的吻**……

就在此刻，小寶貝蘇醒了：她睜開花瓣般蔚藍的眼珠，綻放出春天般甜美的**微笑**！

芙勒迪娜呼喚着她：「**我的小寶貝，歡迎你回到媽媽身邊！**」

大家爭相祝賀芙勒迪娜，並激動地將小寶貝團團圍住，我寬慰地**歎了口氣**。

我終於找到了小阿麗娜……我的任務完成了！

　　可我仍然記掛着：我的癩蛤蟆好朋友如今在何處？

　　我心中想着賴嘰嘰，就在此時，我的目光停在了阿麗娜臥室那尊賴嘰嘰的雕像上，之前我在搜查房間時曾注意到它。唔，真奇怪！

我走到雕像旁，用指頭碰碰它。那雕像似乎由**水晶**砌成，應該說，的確由水晶砌成。

　　可那雕像癩蛤蟆的表情十分**古怪**，那是一種受到驚嚇的**神態**，甚至可以說，它看上去十分恐慌……

我一邊思考，一邊架起魔法眼鏡。現在我才恍然大悟！**魔法眼鏡**下，我看到那並非一尊水晶雕像，而是……被邪惡魔法所害的賴嘰嘰！！！

我趕忙向芙勒迪娜求助：「皇后陛下，求求你，快救救我們可憐的朋友！他被困在那尊水晶雕像中了！」

皇后舉起魔法杖，唸唸有詞：

「我們發現你蹤影，癩蛤蟆啊速變回。邪惡魔法勿停留，仙子魔法來淨化！仙女國由我掌控，邪惡勢力去無蹤！」

芙勒迪娜話音剛落，那尊水晶雕像開始**顫動……**

它顫動得越來越屬害，並開始碎裂……直到碎成了一堆水晶粉末，然後彷彿變魔術般，我的癩蛤蟆朋友蹦了出來。

大家高聲歡呼：「賴嘰嘰回來啦！」

他呱呱大叫：「哼！才不是，我一直都站在這兒，我試圖用各種方式和你們說話，但就是沒人聽得見！哼哼！」

我高聲歡迎他：「親愛的朋友，我很想你！」

仙女的翅膀，光的翅膀！

　　芙勒迪娜笑容滿面地向宮廷宣布：「我要嘉獎將**快樂**重新帶回水晶宮的勇士。」

　　大家都轉身望向我，她繼續說道：「沒錯，我要**獎勵**夢想國最為崇高的英雄……

　　而且我今天要獎勵他的，不是新的高貴頭銜，

我要獎勵你！

也不是顯赫的職務，我想要獎勵他的，是別人無法從他身上拿走的：除了**長翅仙人族**以外，永不會再有人擁有的**神秘禮物！**只有仙人族才有這樣的魔力，這力量會讓他變得更**強大**，以守護夢想國！而我的家族，從今日起也會成為他的家族：他對我而言，是一位**真正的兄弟**。」

她向我伸出手：「我的兄弟，你可以稱我為**姐姐**啦！」

芙勒迪娜的兄弟，幸運騎士，上前擁抱我：「歡迎你，我的兄弟！」

國王佛樂多向前一步朝我走來：「歡迎加入我們的家族，**我們永遠是你堅強的後盾，正如你永遠是我們堅強的後盾！**」

所有的宮廷成員齊聲說道：

「OYOT OYOT OYOT OYOT OYOT OYOT OYOT，這的確是至高無上的榮譽！」

長翅仙人族的力量

夢想國自古以來一直由長翅仙人族統領。他們的膚色泛出淡藍色的光,他們長着透明的翅膀,心靈純淨。

芙勒迪娜是仙女國的皇后,象徵純潔、和平與歡樂的女神,她統治整個夢想國,維護着世界的和諧運轉。

時針‧滴答神是芙勒迪娜的父親,也是掌管時間的魔法師。掌管土地的仙女——**歌雅**是她的妹妹,**幸運騎士**是她的兄弟。夢之國的國王**佛樂多**是他的伴侶,也是小**阿麗娜**的父親。

他們每個人都有獨一無二的天賦能力:**比如時針‧滴答神能夠掌控夢想國內時間的流逝;歌雅動聽的歌聲可以促進植物生長;芙勒迪娜能夠讀懂人內心的想法,什麼也瞞不過她**……不過所有的長翅仙人族都有一個特點,就是他們可以變身為龍,成為光明之龍!強壯的、光明的、純淨的飛龍負責時刻維護夢想國的和平與和諧,抵禦黑暗勢力的入侵。如今連光明守護者也可以化身為龍,為保衞夢想國出力。

芙勒迪娜皇后莊嚴地宣布：「現在，我要宣布授予你的**秘密榮譽**：從今天起，**光明守護者**將能夠變身為……**大飛龍**。你只需要誠摯地高聲祈求：『仙人族的力量！讓我化身成飛龍吧！』，你就會立刻化為夢想國**光明之龍**成為中最強壯、最光明、最純淨的巨龍！」

　　接着，她向我頒發一卷羊皮卷*，對我說：「這卷珍貴的羊皮卷蘊含着與夢想國傳說有關的秘密。請你用心守護它，這是長翅仙人族贈與你的禮物。」

　　最後，芙勒迪娜在原地連轉三圈，說道：

「光之翅，仙女之翅，
今天起會附在你身上，
讓你更有力，讓你更強壯，
為夢想國的和平獻力量！
擁有這翅膀，你會更從容，
並會變成一條……大巨龍！」

*你只要找出書中的秘密詞語，然後填在本書第381頁的羊皮卷上，你就能解讀夢想國傳說的秘密！

一會兒，就一會兒……

　　大家紛紛向我祝賀，為我慶賀。這時，月花嫂——小公主阿麗娜的保姆剛剛 **趕到**，她歡呼道：「啊啊啊，終於找到小阿麗娜啦，我的小寶

我的小寶貝……

貝！我太開心啦！我總算放心啦！」

她走近芙勒迪娜，伸出雙臂請求：「啊，皇后陛下，請允許我再抱抱小寶貝！」

可芙勒迪娜向搖籃**走去**：「我想把她放在小牀，推回我的卧室。從今天開始，阿麗娜會一直留在**我身邊！**經過這一切，我再也不想讓她離開我的視線，哪怕只有**一刻**……」

芙勒迪娜將小公主放入搖籃，輕輕地搖搖頭。

「我無意冒犯你，月花嫂，可正如我剛才所說，從今天起，阿麗娜的一切由我親自照料。」

保姆仙女卻向阿麗娜的搖籃走去，嘴裏唸叨着：「**一會兒**，就**一會兒**，我只要抱**一會兒**……」

就在此時，我想起芙勒迪娜將魔法眼鏡還給我後，我還沒戴上過它。

為了不錯過感人的一幕，我便戴起**魔法**眼鏡來看清楚，這時……我突然發現……保姆仙女居然變成了……一個**女巫**。

她就是芙勒迪娜邪惡的雙胞胎妹妹——

妮勒迪娜！

我高聲大叫：「陛下，小心啊！她不是仙女，而是女巫！她就是妮勒迪娜！」

嘩，好溫柔的保姆仙女！

OK

可已經**太遲**了！妮勒迪娜一把抱起小寶寶，用邪惡的眼神狠狠地盯住她。

隨後，她向我們高聲示威：「你們休想阻攔我！我會把**小寶寶**帶回去撫養，讓她變得比我更壞！不過你們別害怕，我總有一天會**重返**這裏，統治整個夢想國！你們的皇后失去了寶寶，遲早會因傷心過度而一命嗚呼！」

是妮勒迪娜！

啊哈哈哈！

就在此時，一隻**大烏鴉**從敞開的窗外飛了進來……

他的羽毛像墨水一樣黑，他長着如黃銅般閃閃發亮的利喙。咕吱吱，我立刻認出了他：

他就是

黑暗族裔王子——黑尾督
妮勒迪娜邪惡的未婚夫！

他呱呱叫喚：

「啊，我的新娘，
啊我尊敬的陛下，
我摯愛的妮勒迪娜！
快快跟我走，
我們的黑暗帝國在等候！
速速跳上我的背，
像閃電一樣消失無蹤！」

妮勒迪娜拼命向黑尾督跑去，手裏緊緊地緊抱着小公主。可憐的小公主嚇得哇哇大哭。

我搶在他們前面，跳起來大聲祈求：

「仙人族的力量！讓我化身成飛龍吧！」

瞬間，一股強大的力量從我體內湧起，我的背上長出兩隻**巨大的翅膀**！

我的翅膀十分強壯有力，一雙手爪變成了鋒利的**龍爪**！

至於我的尾巴……再也不像老鼠的尾巴一樣軟綿綿，而是變成了**巨大的尾巴**，上面布滿了鋒利的鱗片，宛如繁星般點點發亮！

我感覺自己充滿力量，鎮定又自信，不僅僅因為我變成了一條**龍**，更是因為我的體內湧動着長翅仙人族光明正義的能量！

我終於變成了一條……巨龍！

黑暗⋯⋯還是光明？

我的喉嚨裏發出巨龍的咆哮聲：

「嗷嗚嗚嗚嗚嗚嗚嗚嗚嗚嗚！快放下那個孩子，馬上！」

黑尾督譏諷我：「啊，是嗎，你想奪回孩子？有膽你就來試試啊！」

妮勒迪娜**揮舞**着黑骨頭魔法棒，高聲喝道：「黑暗降臨，暗夜侵襲！」

她揮起魔法棒朝天一指，頃刻間天空**黑雲**密布：看來我必須在黑暗中戰鬥了！我四周變得彷彿**墨水**般漆黑！

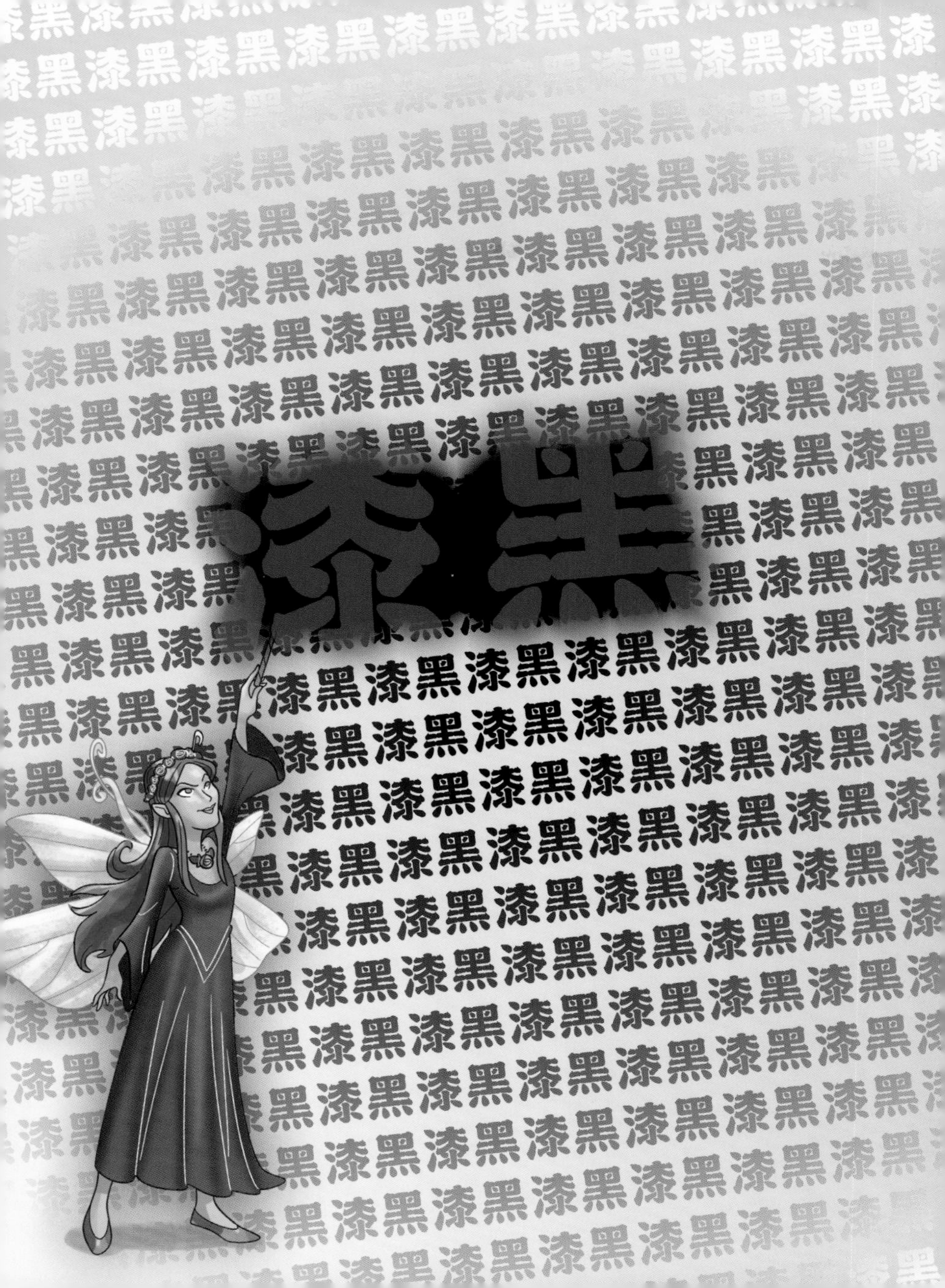
漆黑

黑尾督**冷不防**對我展開攻擊，而妮勒迪娜也試圖用一道道**邪惡魔法**擊倒我……

幸好，我身上還套着蟒螈智者贈予我的**光之鎧甲**，妮勒迪娜的攻擊一次次以失敗告終，甚至無法擊破鎧甲……

黑尾督見狀向高空飛去，越飛越高，飛過了**雲層**……

我正吃力地尋覓他的蹤影，怎料這黑暗族裔的王子竟從高空俯衝下來突襲，伸出他尖利的雙爪狠狠地**向我鈎來**！

我對如此猛烈的**攻擊**毫無防備，**被他狠狠地擊中了！**

　　黑尾督尖利的雙爪抓破了我的鎧甲，又**劃破**了我翅膀上的薄膜。一滴滴**龍血**滴在土地上……

　　我痛得**搖搖欲墜**，幾乎快要昏厥，這時我聽到了小阿麗娜絕望的**哭聲**，突然

我再次燃起了鬥志！

光之劍射出純淨
璀璨的強烈光芒！

仿如一千個太陽，
一千個月亮和
一千顆星星齊齊發光！

黑尾督和妮勒迪娜無法招架如此**純淨璀璨**的光芒！

黑尾督拍動着翅膀，在空中失去平衡，呱呱大叫：「**不要啊啊啊啊啊啊！**」

妮勒迪娜用手遮住臉龐，高聲叫嚷：

「不要啊啊啊啊啊啊啊啊啊！

光之劍的強光照得她心慌意亂，恨不得立刻躲藏起來！

她原本摟住的小公主的胳膊鬆開了，**小公主**猛地向下墜落……而我一直在等待這一刻，我向小公主衝去，穩穩地在空中**接住**了她！

觀戰的人羣高聲歡呼：

團結的龍族！

光之劍的光芒令兩個惡魔氣急敗壞地飛走了，風兒將他們的詛咒聲傳進我的耳朵：「我們**會復仇仇仇仇仇仇**！我們**會再來來來來來**，下一次我們一定**會贏贏贏贏**！」

迷你小龍們齊聲回答：「哼！你們這些醜惡的嘴臉，**快快逃吧！**來呀，來呀，有種你們下次再來，**獲勝**的依然會是我們！我們的光明守護者，也就是長翅仙人族的英雄，會給你們點**顏色**看看！我們的**大英雄**萬歲！飛龍族萬歲！龍鱗草萬歲！」

迷你小龍族圍繞在我周圍，形成**一個飛龍護衛隊**，護送我向芙勒迪娜飛去。她雙眼含着淚花，張開雙臂迎接我！

阿麗娜小寶貝！

我將小寶貝穩穩地放入芙勒迪娜的懷中，大家發出寬慰的讚歎聲。因為現在、只有現在、就是現在，阿麗娜才真正獲救，這一切才真正結束！

我向四周望去，
我們終於回到了
仙女國……

龍鱗草萬歲！

　　水晶宮重新穩紮在基座上，芙勒迪娜低聲向**掌管儀式的仙女**低聲交代了什麼，那仙女開始在羊皮紙上刷刷寫起來，彷彿在按照吩咐做筆記，以組織活動⋯⋯

　　然後，芙勒迪娜牽着我的手，帶我進入一間客房，讓我在此休息。她微笑着說：「現在你是我家的成員了，**我的兄弟**！」

　　我在床頭櫃上找到了一副新眼鏡！我滿足地爬到床上，墜入沉沉的**夢鄉**。

我真是太累了！

　　我睡啊，睡啊，睡啊⋯⋯

啊，我在這個房間睡得可真香甜啊！

我連續睡了一個**小時**又一個**小時**又一個**小時**，直到有人敲門，莊重地宣布：「有請你——皇后的兄弟前往**儀式大廳**。」

我抵達時，大廳的門敞開，**芙勒迪娜**皇后微笑着在門口迎接我。她一直牽着我的手，領我來到陽台前。

「親愛的兄弟，我要送你一份驚喜！」

只見陽台下方是一片黑壓壓的人羣，聚集了**成千上萬**名夢想國的居民。他們興奮地歡迎我：

我們摯愛的皇后多添了一個兄弟！

飛龍萬歲！

光明守護者萬歲！

我感動得無以復加。

我留意到台下的民眾裏面，包括**寶石伙伴團**的所有成員，他們已經全部返回了水晶宮。另外，我還看到了迷你小龍們和一個交響樂團，他們正在為我奏出美妙的**音樂**，高聲喝彩，並揮舞着**小旗子**，興奮地嚷嚷：「飛龍萬歲！你是我們的英雄雄雄！

　　啪啪！啪啪！撲棱！撲棱！」

飛龍萬歲！
光明守護者萬歲！

　　此時，有很多迷你小龍組成一團飛了起來，一直飛到陽台前，給我送來了一個**巨大的龍鱗草餡餅**！

我簡直無法相信自己的眼睛：龍鱗草餡餅的尺寸也**太大**了吧！

小龍們互相推搡着：「誰和他說？」

「你去説！」

「不，你去説！」

「我很害羞啊！」

「我也是啊！」

「好吧，那我們一起唱給他聽：

你變成巨龍真不錯，

比魔法師要酷得多，

我們送你的紀念品，

是美味龍鱗草餡餅！

啪啪！啪啪！撲棱！撲棱！」

小龍們叮囑我：「光明守護者，你要把它全部吃完，連**一小塊**也別剩下。不然我們會傷心的啊！」

我嚇得臉都白了：**「我哪有那麼大的胃口把它全吃光啊！」**

小龍阿力布從空中運來一個顆大藥丸，遞給我，說：「這是 ，現在你可以盡情享用龍鱗草餡餅了！

啪啪！啪啪！撲棱！撲棱！」

我憂心忡忡地抗議：「這餡餅也太大了！就算我吃了開胃丸也消化不了！」

芙勒迪娜在一旁開懷大笑，隨後她對我眨眨眼睛，建議說：「親愛的兄弟，別擔心，要想吞掉**巨大**的**龍鱗草餡餅**，你只需要變身為一頭……大飛龍就行啦！」

哈哈哈！

求你了，帶我走吧！

經過一場前所未有的挑戰，水晶宮最終仍能如往日一樣，屹立在仙女國的山峯上，純淨閃爍。

啪啪！啪啪！撲棱！撲棱！

嘿喲！

夢想國終於回復和平了，我可以放心返回自己在**老鼠島**的家了。我前去與芙勒迪娜告別。此時她正端坐在**儀式大廳**內，與民眾暢談。她一看見我，立刻吩咐說：「快為我的兄弟奉上**水晶寶座**，我希望他坐在我身旁！」

奉上寶座！

是光明守護者！

我坐上璀璨晶瑩的水晶寶座，寶座上墊着柔軟的**藍色天鵝絨靠墊**。

　　只見寶座上端刻着一行小字：

　　我在夢想國多次**冒險**中遇到的各位朋友，以及寶石伙伴團成員依次上前與我道別，祝福我**一路平安**。

　　甚至連偉人蘭道夫也專程趕來看我：「你再也不是大蠢材了！**做得好，小老鼠！**」

　　最捨不得我的是小龍阿力布，他啜泣着請求：「**不要啊**，求求你，**別走！**天知道我會多想你……」

　　然後，他擦乾**眼淚**說：「呃，如果你必須離開，為什麼不帶上我一起走呢？」

我耐心地和他解釋：「親愛的朋友，我必須回家了。在現實世界中，**我的親戚、朋友還有工作都在等我……**我無法帶你一起走，因為夢想國是你的家！」

他用**翅膀**緊緊扒住我的衣袖，堅決不放開。

「**求求求求求求求求**求求求求求求求求求你

帶我一起走吧。我保證，絕不會給你添麻煩的。我的體形小巧，可以在任何地方藏身！」

想到不得不拒絕他，我抱歉地撫摸他的小腦袋瓜：「阿力布，**親愛的**阿力布，我真的很想帶上你，可……」

他將我拽到牆角，**低聲**對我說：「呃，我能和你說說**我的夢想**嗎？

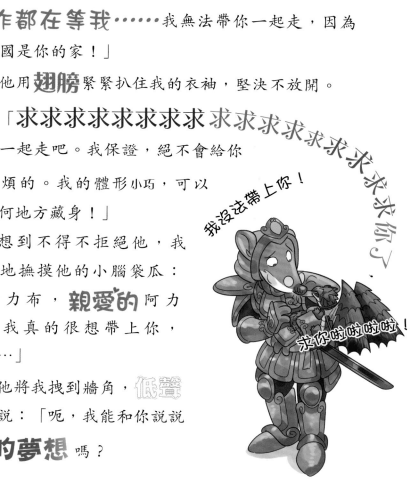

我沒法帶上你！

求你啦啦啦啦！

351

「我十分渴望去**旅行**，渴望**欣賞**哪些從未見過的美景，渴望**體驗**各種奇遇。事實上，我確信自己會喜歡遊歷老鼠島……我還從沒嘗過**乳酪**呢。它一定很美味。如果你需要，我也可以喬裝打扮成一隻小老鼠嘛。**這有什麼難？**只要戴上一副假眼鏡，再配上一條尾巴，我就是個維妙維肖的小老鼠！

啪啪！啪啪！撲棱！撲棱！」

就在此時，我遇到了貓瑩瑩，我詢問她：「呃，親愛的朋友，我想請你幫個忙，你能護送我回到**現實世界**——我在老鼠島的居所嗎？我十分思念**親朋好友**！」

她向我擠擠眼睛：「我理解你很**想家**。不過你不必找我也能回去，**親愛的朋友**。難道你忘了自己是一條巨龍嗎？你可以隨心所欲，飛往任何地

方……」

芙勒迪娜向我微笑：「親愛的兄弟，貓瑩瑩說得對。你可以**隨時離開**⋯⋯**或者回來**，如你所願；如今在夢想國也有**喜愛**你的家人在等你！不過在你出發前，我可以請你在巡查一遍夢想國與現實世界的分界線嗎？你要牢記，作為

『光明守護者』，

你不必找我也能回去！

唉？

「你有責任和義務來維護分界線不被邪惡勢力**侵襲**，並維護世界和平，這極為可貴！」

佛樂多補充道：「我同意，親愛的太太，巡查夢想國的**邊界線**上是否有任何缺口，這是好兄弟的重要職責。這樣，

女巫們就無法
越過邊界
抵達現實世界。」

我和大家作別，大家紛紛祝福我，特別是賴嘰嘰，他緊緊抱住我，哭得一把鼻涕一把淚：「**謝謝你救了我**，光明守護者！以一千隻蛤蟆的名義發誓，你可要快點回來啊！請笑納這份熱氣騰騰的美味點心，讓你在回程時給補充**能量**！」

隨後，賴嘰嘰遞給我一個籃子，裏面盛滿了對癩蛤蟆而言至高無上的美食（呃……我可不喜歡呢！）：蒼蠅軟糖、果蠅餡餅、**小蟲果汁**，還有一大罐沼澤泥果醬，用來抹在睡蓮花麵包上。

　　我謝謝他的好意，接着去找小龍阿力布，可哪兒都找不到他。

　　到底我的**小龍**朋友去哪兒啦？

　　我遲疑地宣布：「呃，那麼，所以，我**差不多**，**快要**，**或許**，**應該**……**出發了**……**所以**……」

癩蛤蟆的美食！

呃呃呃……

356

貓瑩瑩在耳邊提醒我：「記住要高聲唸龍族口訣啊：『仙人族的力量！讓我化身成飛龍吧！』」

我清清嗓子，大聲高呼：

「仙人族的力量！讓我化身成飛龍吧！」

家、家、家！

　　我整晚飛啊、飛啊、飛啊，朝着夢想國的邊界飛去，一邊檢查邊界上是否存在任何**裂縫**，有機會讓女巫乘虛而入。幸好當芙勒迪娜皇后回復魔力之後，夢想國的**邊界**完好無缺！

　　我**放鬆**地歎了一口氣，現在一切恢復了平靜祥和，我也沒有辜負光明守護者的**使命**。

我自信滿滿地向夢想國與現實世界的交界處發光的大漩渦飛去。

一切並非幻象、而是……

就這樣，我穿過光之旋渦，回到了妙鼠城。

在經過非常漫長，彷彿沒有盡頭的旅行後……我終於重新站在自己家的陽台上……

我終於變回了小老鼠！

每次我都在夜晚出發去夢想國，此時天空同樣夜幕低垂，我又**回到**了自己**出發**的那一刻，**時間**似乎停頓了。

不過，我身上仍穿着鎧甲，多虧了它，我才能在**漫長危險的旅途**中安然無恙。

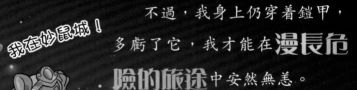

我在妙鼠城！

我推開陽台的玻璃門，終於**回到**家中。從夢想國歷險後，再次回到熟悉的家居環境，這種感覺好奇妙啊！

終於回到我熟悉的家，真是太好了！

我脫掉鎧甲，去泡一個**熱水澡**，並在身上塗滿莫澤雷勒乳酪香味的乳液，隨後我穿上自己最愛的睡衣和**拖鞋**。

我走進廚房，給自己泡了一**杯**熱氣騰騰的高更佐拉乳酪風味巧克力飲料，隨後，我打開大大的冰箱……嘩，裏面存了多少奶酪啊？！就如所有的小老鼠一

要好好放鬆一下！

樣，我**熱愛**乳酪！我喜歡收集各種口味的乳酪，把它們儲存在家裏，以備不時之需！

吧唧吧唧……總之，我冰箱裏放了一塊新鮮的**莫澤雷勒乳酪**、一塊山羊乳酪、一塊上好的瑞士乳酪、一大塊散發着熟悉怪味的**高馬焦拉乳酪**，另外還有一些**乾酪**，以招待突然來訪的朋友！

啪啪！啪啪！撲棱！撲棱！

我給自己泡了一杯熱氣騰騰的**巧克力**，然後取出一塊乾酪，放在廚房的灶台，準備切成一片片享用。吧唧！在經過漫長的旅行後，我需要美美地飽餐一頓，難道不是嘛……

我坐在**廚房**餐桌前，正往嘴裏塞一片乾酪時，突然聽到一把細細的聲音：「吧唧，這一定是乳酪的香氣……」

我驚訝極了：「這是……是……是誰在說話？」

那個聲音響起來了：

「啪啪！啪啪！撲棱！撲棱！」

突然，一個藍色的小東西從家具後面探出頭來，舔舔嘴唇：「**是乳酪啊啊啊啊！**我從沒嘗過呢，**味道一定很美味**吧！」

　　我驚訝地大叫：「阿力布……你怎麼會在這裏？」

　　阿力布這裏轉轉，那裏看看，最後停在一塊**乾酪**上，張開小嘴在乾酪上啄出一條溝。

吧唧！　吧唧！

吧唧！

吧唧！吧唧！吧唧！

　　他滿意地**嚷嚷**：「這個食物比龍鱗草美味多了！」

　　他「嗖」地**跳上**我廚房的桌子，唱起歌來……

「龍鱗草味道無敵，
對此我深信不疑，
可乳酪更勝一籌，
饞得我口水直流！」

隨後，他開始跳來竄去。廚房的**冰箱**和地板上都留下他的爪印，鍋碗瓢盆紛紛落在地上，現場**一片混亂**。

他拉開冰箱門，好奇地把頭伸進去，**聞**着

咣！

吧唧！

裏面食物的味道：「這是什麼？**乳酪**嗎？夢想國裏可從沒見過這玩意！那又是什麼？**冰淇淋**嗎？好吃，好吃，好吃……你這個可以一直保持寒冷的櫃子真不賴！你是怎麼稱呼它的，冰——箱？」

帶給朋友們！

然後，他翻到幾根**棒棒糖**，他興奮地抱起糖果嚷嚷：「這個我要好好**收藏**，帶回家，和朋友一起分享！」

我忙不迭地跟在他身後，試圖阻止他，可是⋯⋯我怎麼也**捉不住**他！

阿力布隨後飛進了客廳，他的腳爪上沾滿了巧克力醬，又跳上了我的沙發。他打開**電視機**並將音量開到最大，高聲詢問我：「這個大盒子是什麼？為什麼能夠放出這麼多**神奇**的圖像，為什麼裏面的人能夠移動、還會說話？這就是傳說中的電——視——機嗎？

我好喜歡啊！動畫真好看啊啊！！！！！」

啦啦啦……

他又飛進我的浴室開始洗澡，弄得**泡沫四濺**，令浴室的地板變得濕滑，還扯着喉嚨放聲歌唱：

「啦啦啦！啦啦啦！
我來了就不想走！
請你不要驅趕我，
讓我陪你一起過！」

最後，他玩得筋疲力盡，鑽進我櫃子的抽屜，將我最愛的圍巾裹在身上，進入甜甜的**夢鄉**，發出呼嚕聲：

呼嚕…… 呼嚕……
呼嚕
呼嚕

啊，阿力布真是可愛，
讓人討厭不了呢……

雖然他給我添了很多麻煩，可我仍然很享受他的陪伴。

如往日一樣，比往日更好……

　　第二天，我出門去上班了。

　　我不希望阿力布孤零零留在家中，便將阿力布包在圍巾裏，揣在口袋中，讓他暖暖和和。

　　我在街上漫步，一邊微笑着和朋友們打招呼，城市裏洋溢着快樂的氣氛！天空蔚藍明澈，太陽散發出光芒，到處一片祥和。

　　阿力布好奇地從口袋裏探出頭來，連珠炮發地向我發問：「這是什麼？一輛計程車嗎？那是什麼？一輛單車嗎？嘩，我也想要一輛單車，有適合迷你小龍尺寸的單車嗎？那家商店裏賣什麼，裏面怎麼會飄出香味啊？是麵——包——坊嗎？快帶我進去，求你啦！我想吃個牛角包！」

我們剛來到辦公室，他就迫不及待地**鑽進**我寫字枱的抽屜，裏面放滿了各類**糖果**和餅乾。隨後他裹着我的圍巾，打**盹**起來……

糖果真好吃！

呼嚕！

不久，他又**跳**上我電腦的鍵盤，嚷嚷問：「我想寫兩個字：**啪啪**！怎麼寫啊？我還想給夢想國的迷你小龍朋友們發**電郵**呢！」

我想寫電郵！

他更霸佔了我的**電話**，
開始逐一聯絡我的朋友們，
高聲介紹：「**我是謝利連
摩·史提頓先生的新助
理**，我叫阿力布……你是誰啊？你真可愛！」

我是阿力布！

為了給他一個驚喜，我從玩具店裏買了一輛小
小的**玩具單車**。阿力布一看到他，立刻發
出滿足的尖叫，在房間裏歡天喜地騎了起來：

「**啪啪！ 啪啪！ 撲棱！ 撲棱！**」

哈哈哈！

我想吃龍鱗草了！

日子就這樣一天天過去了，阿力布和我在一起很**開心**，也逐漸習慣了小老鼠的世界。這世界與他的世界如此不同，以至於對他而言，是一場有趣的**小龍奇遇記**……

可隨着時間流逝，我感到他開始**思念**家鄉，有時甚至偷偷流淚。終於有一天，他跳到我肩上，摟住我脖子，**嗚嗚哭起來**：

「大飛龍，**親愛的**、**親愛的**、**親愛的**大飛龍，請原諒我，我其實不想告訴你，因為你一直對我那麼好，我很享

嗚嗚嗚嗚哇！

受和你一起住的這些日子。小老鼠們也都很可愛，可是……我好想回家，回到迷你小龍族羣中！**我想回家家家！**乳酪的味道的確很香，可是……

我想吃龍鱗草了了了！」

他請求我：「求求你，大飛龍，我的朋友，請送我回家吧，回到夢想國！」

我**思索**片刻，歎口氣說：「好吧！如果你真想回家，我一定會送你回去。」

等到黎明時分，**第一縷陽光**照亮老鼠島的天空時，我用胳膊摟住阿力布，站在家中陽台上，高喊道：

「**仙人族的力量！讓我化身成飛龍吧！**」

瞬間，一道光柱將我包圍，頃刻間，我的身體**幻化**成一條巨大、強壯的巨龍……

就這樣，我開始了在

夢想國

的一次新奇遇！

不過這是另外一個故事啦⋯⋯

另一個關於

夢想、歷險和友誼

的故事⋯⋯

那將是一個神奇的故事，以史提頓的名義發誓，*謝利連摩・史提頓*！那個故事有着幸福的結局，而贏得最終勝利的必將是

和平！

夢想國詞典

答案

P.102-103

水晶鳥在第102頁左邊柱子旁邊的牆上的小屋裏。

P.170-171

神秘的孤獨魔法師在壁爐的旁邊站着，身旁擺放了一支結他。

這本書中有5處用上了魔法墨水，把與傳說有關的秘密詞語隱藏起來，只要你試着用手擦擦這些黑色墨水漬，下方的字跡就會神奇地顯現出來；然後，只要把這些詞語填在下面的羊皮卷上，你就能解讀夢想國傳說的秘密！

光明守護者傳説的秘密

重要的時刻即將來臨，

_____ (P.38)

如果你想找出這個重大的秘密，

你必須完成_____ (P.39)

的挑戰！

你所學的將會變成你的_____ (P.109)

而你必須_____ (P.145) 地

去捍衞它！

在_____ (P.148) 裏，

你將會遇到奇妙的事情，

於和平峯上，你將會看到絢麗的彩虹！

奇鼠歷險記11

光明守護者傳說

IL GRANDE SEGRAETO NEL REGNO DELLA FANTASIA

作　　者：Geronimo Stilton　謝利連摩‧史提頓
譯　　者：林曉容
責任編輯：胡頌茵
中文版封面設計：李成宇
中文版內文設計：劉蔚　羅益珠
出　　版：新雅文化事業有限公司
　　　　　香港英皇道499號北角工業大廈18樓
　　　　　電話：（852）2138 7998
　　　　　傳真：（852）2597 4003
　　　　　網址：http://www.sunya.com.hk
　　　　　電郵：marketing@sunya.com.hk
發　　行：香港聯合書刊物流有限公司
　　　　　香港新界大埔汀麗路36號中華商務印刷大廈3字樓
　　　　　電話：（852）2150 2100　傳真：（852）2407 3062
　　　　　電郵：info@suplogistics.com.hk
印　　刷：C & C Offset Printing Co., Ltd.
　　　　　香港新界大埔汀麗路36號
版　　次：二○一八年十一月初版

Cover by Andrea Da Rold, Christian Aliprandi
Art Director: Iacopo Bruno
Graphic Designer: Laura Dal Maso,Giovanna Ferraris / theWorldofDOT
Story Illustrations: Silvia Bigolin, Ivan Bigarella,Carla De Bernardi, Alessandro Muscillo, Archivio Piemme and Christian Aliprandi.
Graphics: Daria Colombo
Art Director: Roberta Bianchi
Artistic Assistance: Lara Martinelli, Andrea Alba Benelle
Graphics: Daria Colombo

奇鼠歷險記

① 漫遊夢想國

② 追尋幸福之旅

③ 尋找失蹤的皇后

④ 龍族的騎士

⑤ 仙女歌雅不見了

⑥ 深海水晶騎士

⑦ 追尋夢想國珍寶

⑧ 女巫的時間魔咒

⑨ 水晶宮的魔法寶物

⑩ 勇戰飛天海盜

⑪ 光明守護者傳說

勇士回歸（大長篇1）

失落的魔戒（大長篇2）